MEIAS VERDADES

Blucher

KARNAC

MEIAS VERDADES

Um romance

Thomas H. Ogden

Tradução
Ester Hadassa Sandler

Authorised translation from the English language edition published by Karnac Books Ltd.

Meias verdades: um romance

Título original: *The Parts Left Out: A Novel*

© 2013 Thomas H. Ogden

© 2017 Editora Edgard Blücher Ltda.

Equipe Karnac Books

Editor-assistente para o Brasil Paulo Cesar Sandler

Coordenador de traduções Vasco Moscovici da Cruz

Revisora gramatical Beatriz Aratangy Berger

Revisora literária Patrícia Nunes

Conselho consultivo Nilde Parada Franch, Maria Cristina Gil Auge, Rogério N. Coelho de Souza, Eduardo Boralli Rocha

Blucher

Rua Pedroso Alvarenga, 1245, 4º andar
04531-934 – São Paulo – SP – Brasil
Tel.: 55 11 3078-5366
contato@blucher.com.br
www.blucher.com.br

Segundo o Novo Acordo Ortográfico, conforme 5. ed. do Vocabulário Ortográfico da Língua Portuguesa, Academia Brasileira de Letras, março de 2009.

É proibida a reprodução total ou parcial por quaisquer meios sem autorização escrita da editora.

Todos os direitos reservados pela Editora Edgard Blücher Ltda.

FICHA CATALOGRÁFICA

Ogden, Thomas H.

Meias verdades : um romance / Thomas H. Ogden ; tradução de Ester Hadassa Sandler. – São Paulo: Blucher, 2017.

240 p.

ISBN 978-85-212-1174-7

Título original: *The Parts Left Out: A Novel*

1. Literatura norte-americana I. Título II. Sandler, Ester Hadassa

17-0405   CDD 813.6

Índices para catálogo sistemático:
1. Literatura norte-americana

Para Warren Poland

Conteúdo

Um	9
Dois	25
Três	43
Quatro	61
Cinco	79
Seis	99
Sete	125
Oito	139
Nove	151
Dez	175

8 CONTEÚDO

Onze	189
Doze	209
Treze	231

Um

No fim de agosto, a estrada para a fazenda Bromfman é parecida com tantas outras estradas que percorrem as fazendas produtoras de grãos no Kansas – terra ressecada, recoberta por uma fina poeira de argila amarela que cambia quase que imperceptivelmente à menor brisa. Randy Larsen recebera um telefonema avisando que ocorrera uma morte na fazenda e estava se dirigindo para lá. No condado de Arwood, o delegado adjunto ao xerife é responsável pelo inquérito de rotina para esclarecer as circunstâncias de mortes ocorridas fora do Hospital do Condado. A maioria dessas investigações é encerrada com um mero telefonema de pêsames. Randy imaginou se algum parente de Earl Bromfman ou de sua esposa – qual era mesmo o nome dela? – tinha morrido inesperadamente durante uma visita ao casal.

Randy e Earl se conheceram no colegial, onde tinham sido colegas no time de futebol americano. Todo ano os jogadores mais velhos davam trotes nos mais novos; quando o calouro Randy

10   UM

entrou no time, Earl, que estava no terceiro ano, protegeu-o. Por isso, Randy lhe era grato até hoje. Randy se lembrava de Earl como um "garoto de fazenda", cuja família de agricultores levava um tipo de vida difícil de imaginar para as pessoas criadas na cidade. A natureza governava a vida na fazenda de um modo que as crianças da cidade podiam pressentir, mas nunca compreender de fato. As forças da natureza tinham um poder imenso: nuvens de gafanhotos, escuras e quilométricas, eclipsavam o sol; legiões e mais legiões de pragas atacavam as plantações de trigo, destruindo, para milhares de pessoas, um ano inteiro de trabalho; os animais da fazenda ficavam profundamente desolados quando uma cria nascia morta; os prejuízos causados por geadas fora de época ou por tempestades de granizo no verão... Todas essas ameaças pairavam silenciosamente sobre as crianças do campo dando-lhes a noção de que a natureza era imparcial, não tinha inimigos ou favoritos; as crianças viviam aterrorizadas, pois sabiam que os pais não podiam controlar o próprio destino e nem proteger os filhos das incertezas.

A fazenda de trigo pertencia à família Bromfman há três gerações. Earl, agora com trinta e seis anos, herdara a fazenda e era o responsável por administrá-la. Ele era um homem grande, de cabelos loiros ralos e lisos, com penetrantes olhos azuis; tinha uma voz ressonante com timbre de baixo profundo que impunha um respeito que ele sentia não merecer. Como muitos outros pequenos fazendeiros no Condado de Arwood, ele enfrentava várias dificuldades: períodos repetidos de seca e, principalmente, a concorrência das cooperativas que, com seus modernos sistemas de irrigação e transporte, podiam vender as colheitas a um preço muito menor do que o dos pequenos produtores. Earl assumiu a fazenda logo depois de terminar a faculdade, uma decisão bem recebida pelo pai cuja artrite piorava a cada ano, pelo irmão mais velho e pela irmã mais nova, pois eles achavam que a fazenda estava falida.

Restavam na área poucas fazendas pequenas, a maioria delas dirigidas por homens que Earl conhecera a vida toda. Eles tinham frequentado a mesma escola, a mesma igreja, as casas uns dos outros por variadas razões, como levar uma marmita para alguém que estava doente ou emprestar uma ferramenta ou uma máquina por alguns dias. Earl sempre fora benquisto; era considerado um homem leal, solidário aos amigos, cujas fazendas e envelhecidas máquinas agrícolas defenderia como se fossem dele.

Marta, a mulher de Earl, era uma mulher sisuda e de constituição franzina; trabalhava na fazenda com o marido e mais um ou dois empregados contratados temporariamente – eles simplesmente apareciam quando a estação de plantio se aproximava e desapareciam logo após a colheita. Quando os tempos ficaram mais difíceis, Marta começou a trabalhar como garçonete na lanchonete da cidade para ganhar algum dinheiro extra; durante as estações de plantio e colheita ela trabalhava por meio período, e no inverno fazia tempo integral. Ela era sempre gentil com os fregueses e colegas de trabalho, mas raramente sorria e nunca gargalhava. Ela não falava de si mesma ou de sua família e nunca bisbilhotava a vida dos outros; era pontual e ia embora assim que seu turno acabava. Era difícil estimar a sua idade, pois sua face parecia uma teia de aranha formada por rugas de preocupação e sulcos cavados na pele pelo sol.

Marta não quisera ter filhos, mas acabou tendo dois: Warren e Melody, agora com onze e quinze anos de idade; eles ajudavam bastante com as tarefas da fazenda, assim Earl não precisava pagar empregados. À medida que Warren crescia, Melody o ensinava a fazer tarefas cada vez mais difíceis. Sobrava-lhes pouco tempo para fazer qualquer outra coisa além de ir à escola e trabalhar na fazenda, por isso acabaram se tornando muito amigos; na verdade, não tinham outros amigos. Quem os visse juntos perceberia que tinham uma profunda ligação, mas apenas eles mesmos conheciam a natureza dessa ligação.

A casa sede na fazenda de Earl era pequena até para o padrão das casas das fazendas vizinhas. Tinha apenas três cômodos – uma cozinha, que ocupava inteiramente o andar térreo, e dois dormitórios no andar superior – e um pequeno banheiro sob o vão da escada. Earl e Marta dormiam no quarto maior; Melody e Warren partilhavam o outro quarto, menor, em que Earl e os irmãos dormiam na infância.

Desde pequeno, Warren fora muito tímido; andava atrás da mãe, de manhã até a noite, e nunca a perdia de vista. Com apenas dois anos de idade ele já acordava antes do nascer do sol com o rumor dos pais se arrumando para as tarefas da manhã; silenciosamente, seguia a mãe até o estábulo onde ela dava comida e água para os dois cavalos do arado. Warren sentava no chão, perto de uma das baias, sugando o polegar e observando a mãe trabalhar. A boca e a face ficavam salpicadas por uma mistura de terra, feno e estrume, mas nada disso parecia incomodá-lo. Marta via essa incessante necessidade de o menino ficar perto dela como um sinal de fraqueza, uma qualidade que não o favorecia; pois, como ela sabia muito bem, os fracos não se davam bem nesse mundo.

O que mais a repugnava era o contínuo sugar do polegar e, pior ainda, a expressão alucinada de Warren enquanto o fazia. Ele começara a chupar o dedo quando tinha apenas algumas semanas de vida e quanto mais crescia, mais o fazia. Ele ficava com o dedo na boca o tempo todo, não só na frente da família, mas também – e sem qualquer traço de constrangimento – na frente das visitas e na escola; e fazia isso até hoje, com onze anos, muito além da idade em que as outras crianças já tinham abandonado esse hábito.

Nos últimos anos, a Srta. Wells, a professora da escola, fazia questão de dizer a Marta, sempre que a encontrava na lanchonete, como Melody era uma boa menina, quase uma mocinha; era muito bem-dotada e cooperativa. Depois, a professora acrescentava que Warren era um bom menino, mas muito quieto; informava que ele preferia sentar na última fileira, chupando o polegar; ele quase não se relacionava com os colegas, seja nas lições, no canto ou nos esportes. Mas ela enfatizava que cada criança era diferente da outra; e que nos seus muitos anos de ensino ela aprendera várias vezes uma lição: de um jeito ou de outro, todas acabam crescendo e se saindo bem. Marta balançava a cabeça, aparentemente concordando que cada criança era diferente, mesmo crianças da mesma família; e que cada uma encontraria seu rumo, só Deus sabe como. Mas Marta se encolhia por dentro quando a Srta. Wells falava sobre Warren daquele jeito; no entanto, era impossível perceber pela expressão de sua face se ela de fato concordava ou não com a Srta. Wells quanto aos dotes de Melody e à certeza de que Warren, como todas as outras crianças, iria se tornar um bom homem, de quem seus pais se orgulhariam.

A Srta. Wells estava certa, Melody era uma boa menina, mas não tinha sido sempre assim. Quando Warren nasceu, Melody tinha quatro anos e era um pequeno terror, correndo em torno da casa sem escutar o que se lhe falava. Dar tapas no traseiro dela não adiantava nada, até piorava a situação, pois aí ela fazia um grande drama, chorando e gritando de um modo inconcebível, capaz de rachar a cabeça de quem estava por perto; além disso, dava um trabalhão limpar toda a produção de muco que vinha do nariz da menina. A única coisa que funcionava com Melody era colocá-la de castigo no quarto e ameaçá-la, dizendo que se ela ousasse sair seria trancada no armário. Marta só precisou trancar Melody no armário algumas vezes para ela aprender a se comportar; a partir de então, tornou-se uma criança bastante cooperativa.

14   UM

Marta cruzou novamente com a Srta. Wells quase no fim do verão, em um sábado especialmente quente e úmido. Todas as mesas da lanchonete estavam ocupadas e as pessoas se amontoavam na porta, meio para dentro e meio para fora do restaurante. Com a porta aberta, o ar condicionado não conseguia dar conta do calor que emanava da rua e também da cozinha. A parte de trás do uniforme de Marta estava empapada de suor; ela anotava os pedidos dos fregueses que acabavam de sentar, servia os pratos quentes que se empilhavam no passa-pratos da cozinha, levava o troco para os clientes que estavam impacientes para ir embora e arrumava as mesas onde se esparramavam copos e pratos sujos. Quando Marta foi encher um copo de Coca-Cola na máquina de bebida, a Srta. Wells conseguiu encurralá-la. Ela conseguiu se desembaraçar da professora depois de mais ou menos um minuto, mas nesse meio-tempo a Srta. Wells fez um relatório sobre Melody e Warren que deixou Marta agitada.

Nessa noite, quando Warren terminou de limpar a mesa depois da ceia, Marta, ainda encostada na pia e com os braços mergulhados até os cotovelos na água ensaboada, falou:

— Eu vi a Srta. Wells hoje. Ela disse que você senta lá no fundo da classe e fica chupando o dedo o dia inteiro. Você devia saber que já tem onze anos.

Marta descobrira como lidar com Melody, mas era mais jovem então; porém, esgotara os seus recursos com Warren. O próprio armário nunca funcionara com ele. Ele era um menino voluntarioso. A mãe de Marta nunca tivera de lidar com ninguém como Warren; além disso, elas não se falavam há muitos anos e Marta nem sonhava em lhe pedir um conselho sobre coisa alguma. A mãe de Earl, Flora, morrera há alguns anos, mas conversar com ela não servia para nada, porque ela sempre ficava do lado das crianças e isso deixava Marta tão brava que mal conseguia manter a polidez.

Ao longo dos anos, e em várias ocasiões, Marta chegou a ir até a farmácia com a intenção de perguntar ao farmacêutico, o Sr. Renkin, se ele sabia como lidar com uma criança da idade de Warren que continuava a chupar o polegar; mas toda vez, o orgulho levava a melhor e ela não conseguia falar com ele; em vez disso, comprava alguma coisinha de que não precisava, de modo a não chamar a atenção de ninguém. Pouco depois do décimo primeiro aniversário de Warren, Marta percebeu que jamais conseguiria falar diretamente com Sr. Renkin; ela achou que teria mais facilidade de lidar com a garota que trabalhava meio período na farmácia e que usava um crachá azul brilhante com o nome "Jenny" escrito em letras brancas contornadas de vermelho. Jenny era uma garota ruiva e esguia, com a face salpicada de grandes sardas marrom-alaranjadas e devia ter terminado o colegial há um ano ou dois, no máximo.

Marta conhecera meninas como Jenny na escola, e não gostava do tipo: meninas que ficavam levantando a mão o tempo todo, ansiosas para se exibir. Marta teria preferido falar com uma mulher mais velha, que já tivesse tido filhos e que soubesse como crianças podiam ser difíceis.

Como a farmácia ficava bem em frente ao restaurante, Marta podia observar a loja; corria para lá nos intervalos do trabalho, quando a farmácia estava vazia. Tentando parecer o mais natural possível, como se o problema que estivesse tendo com Warren fosse corriqueiro, ela perguntou a Jenny no tom mais amigável e maternal que conseguiu forjar:

— Você sabe se existe alguma coisa para evitar que as crianças ponham o dedo na boca?

Jenny olhou para Marta com ar de interrogação, sem entender bem o que ela estava perguntando:

— Você quer dizer, um bebê que põe tudo na boca?

— Não, queria algo para uma criança mais velha.

— Uma criança mais velha que faz o que com os dedos?

— Uma criança mais velha que fica com o polegar na boca.

— Ah, você quer dizer uma criança mais velha que ainda chupa o polegar. Tinha uma menina na minha classe que fez isso por muito tempo. Era triste, e eu costumava me sentir mal por ela. Eu vou perguntar ao Sr. Renkin o que se pode fazer.

Jenny deu a volta e entrou atrás do balcão, sussurrando algo para o farmacêutico. Marta ficou espiando pelo canto do olho. O jeito que Jenny estava cochichando e a expressão séria na face do Sr. Renkin fizeram ela se sentir como uma menina pedindo informações sobre o tratamento de sífilis, e não um remédio para alguém parar de chupar o dedo.

Jenny retornou e disse a Marta:

— O Sr. Renkin falou para você não se preocupar. Disse que o problema não é incomum e que as crianças em geral o superam, mas algumas crianças precisam ser forçadas a largar. Ele sugere colocar nos dedos da criança uma pomada com gosto e cheiro ruins que deixa o dedo dormente; a maioria das crianças não gosta da sensação e para de chupar o dedo. A pomada fica pronta em mais ou menos uma hora.

De volta ao restaurante, Marta repassou na cabeça várias vezes as palavras de Sr. Renkin, satisfeita por ouvir que "algumas crianças precisam ser forçadas". Ele parecia entender o que ela estava combatendo. Ela não diria nada a Earl. Não havia necessidade de incomodá-lo com isso. Como mãe, era seu trabalho lidar com essas coisas.

Ele provavelmente não entenderia o dano que essas coisas, quando muito prolongadas, podem fazer – ele era bastante desatento e indolente no que tangia às crianças, mas esse era o jeito dos homens, não é mesmo? As palavras do Sr. Renkin continuavam a ressoar na cabeça de Marta, mas era a voz de Jenny que pronunciava as palavras que Marta estava ouvindo. Jenny era apenas uma menina; uma menina dessa idade não tem experiência real com crianças ou com a vida para falar essas coisas. No entanto, o som da voz de Jenny teve para Marta um efeito calmante. Depois de ter falado com o farmacêutico, a moça a tratara com respeito, como se trata alguém mais velho; o farmacêutico deve ter mencionado o seu sobrenome de casada, pois Jenny a chamou de Sra. Bromfman. Marta gostou disso.

O movimento no restaurante foi fraco no restante da tarde. Marta conferia o relógio a cada dez minutos, antecipando o momento de pegar a pomada. Ela ensaiou mentalmente as palavras que usaria para falar com Warren sobre a pomada que passaria em seus polegares; na realidade, ele apenas sugava o polegar direito; mas, e se ele começasse a usar o esquerdo quando o direito não estivesse mais disponível? Ela imaginou a expressão na face do filho quando anunciasse que os dias de envergonhar a si mesmo e à família tinham terminado. Marta tinha de achar um tempo e um lugar para que ela e o menino não fossem interrompidos por Earl ou Melody. Provavelmente, seria melhor levá-lo para fora depois que ele tivesse terminado de lavar a louça do jantar. A última coisa que ela queria era que Melody ou Earl estragassem o plano em que tinha investido tanto tempo e esforço. Não tinha sido fácil para ela, mas uma vez que ela era o único membro da família que levava o assunto a sério, sobrara para ela resolvê-lo.

A ceia pareceu interminável; finalmente, a mesa foi limpa, o chão varrido e a louça posta no escorredor para secar. Marta viu que Warren estava prestes a sumir. Ela o chamou:

— Warren, quero falar com você.

Com seu jeito obediente e indiferente Warren se virou e seguiu a mãe pela porta dos fundos até chegar num retângulo de terra batida pelo sol, cheia de marcas de pneus; o lugar ficava entre a casa e a área externa, e era usado apenas eventualmente pelos empregados. Ali enferrujavam silenciosamente uma empilhadeira, uma velha colheitadeira e outras máquinas agrícolas.

— Encontrei a Srta. Wells outro dia e ela me disse que você é um bom menino, mas que se afasta dos outros e fica com o polegar na boca o tempo todo. É verdade?

Abaixando o olhar para o chão Warren disse:

— Eu acho que sim.

— Ela disse que você tem de ser incentivado a não agir mais desse jeito. Você acha que essa é uma boa ideia, que você poderia ser ajudado a fazer isso?

— Eu não sei, hã...

— Você não fica constrangido de na sua idade ainda chupar o dedo, na frente de todos?

— Acho que sim.

— Falei com Sr. Renkin da farmácia e ele receitou algo que pode ajudar você a quebrar esse hábito. Você quer ver o que é?

Ainda olhando para o chão e fazendo riscos na terra seca com a ponta do sapato direito, ele disse baixinho:

— Tudo bem.

— É uma pomada para passar nos polegares; serve para você se lembrar que está pondo o dedo na boca. Depois de tanto tempo, você não sabe mais quando o seu dedo está na boca ou não. Você acha que um lembrete vai ajudá-lo a perceber que está fazendo isso, para que você consiga parar?

— Eu não sei. Talvez.

— Estou com o tubo aqui e vou passar um pouco nos seus polegares. Vamos começar agora mesmo, não há por que protelar, não é?

Marta removeu cuidadosamente o tubo de pomada da sacola de papel que Jenny lhe dera apenas algumas horas atrás. Depois de espremer um pouco da pomada amarelo-claro no próprio indicador, Marta olhou para Warren; ele lhe estendeu ambas as mãos com as palmas para baixo. Marta segurou o braço dele firmemente e esfregou a pomada profundamente na pele do polegar, de cima a baixo; depois, fez o mesmo com o outro dedo. Warren não ofereceu resistência. O odor acre da pomada irritou os olhos de Marta fazendo-a lacrimejar.

Depois que a pomada foi aplicada, Warren sumiu na escuridão da casa. Melody já estava no quarto que dividia com o irmão; estava sentada na cama e lendo um livro escolar quando ele entrou.

Ela olhou para cima e perguntou:

— O que aconteceu?

— Ela pôs uma coisa nos meus polegares, cheira mal e tem gosto ruim.

— E dói?

— Não, mas meus dedos ficaram dormentes, e quando toco em algo parece que vão explodir como um balão.

Melody silenciosamente pegou um pedaço de pano molhado e um pouco de sabão e tentou tirar a pomada antes que ela fosse absorvida.

Na manhã seguinte, Warren deu de comer e beber aos cavalos e alimentou as galinhas, como fazia todos os dias antes do desjejum. Um tipo de vitória, Marta pensou quando o viu sem o polegar na boca e aquela horrível expressão de autossatisfação na cara. Semanas se passaram com repetidas aplicações da pomada pela manhã e à noite. A casa estava ainda mais silenciosa do que o normal; apenas umas poucas palavras eram ditas quando havia algo para ser feito. Quieta, mas de modo algum pacífica. O ar que os quatro respiravam estava impregnado da batalha que estava sendo travada entre Marta e Warren.

Embora fosse apenas um menino, Warren era páreo duro para a mãe. Ele a enfrentava de um jeito que nunca Earl ou Melody ousaram fazer. A batalha parecia se referir ao comportamento dele – o sugar o dedo que era tão odioso para Marta; mas, o que estava em jogo era muito mais do que aquele hábito. Uma luta de vida e morte se dava entre eles. O que estava em jogo eram as suas vontades. A vontade era a única coisa que ambos possuíam e que podiam chamar de própria. Em sua própria mente Marta não era nem fazendeira nem garçonete, nem esposa e nem mãe – ela era uma chama pálida que se recusava a ser extinta. Ela *era* a recusa de ter a sua vontade contrariada. Do mesmo modo, Warren, para ele mesmo, não era nem filho ou estudante. Ele *era* a recusa de ser extinto por sua mãe.

Uma manhã, em meio a esse período de guerrilhas acirradas, Marta espiou Warren sentado atrás do celeiro após ter terminado as tarefas da madrugada; ele estava com o polegar na boca. Ou ele se treinara para ignorar os efeitos da pomada, o que era totalmente possível para ele, ou encontrara um jeito de tirar a pomada dos dedos. Marta pensou que Warren, por ter desobedecido à ordem que ela lhe dera, não tinha sido pego desprevenido; ele devia estar se gabando de tê-la vencido. O efeito que a visão do menino com o dedo na boca teve sobre Marta foi sentido por toda a família de modo tão lancinante quanto o de uma bala de revolver. Nenhuma palavra foi dita. Ocorreu uma mudança radical que pareceu afetar toda a família de forma física e mental, como se a intensidade da luz do sol tivesse aumentado abruptamente e o ar tivesse ficado muito mais rarefeito do que antes. Foi deflagrada uma mudança em Marta, uma mudança que ninguém no mundo, exceto Earl, jamais vira. Dessa vez, a resposta de Marta não foi fervilhar de raiva como de costume, quando Warren desobedecia. Em vez disso, ela afundou tão profundamente em si mesma que parecia não estar mais vivendo na mesma casa ou até no mesmo mundo que os outros membros da família.

Durante esse período, que durou vários dias, Marta repetidamente perdeu e recuperou a capacidade para formular em palavras e para si mesma os próprios pensamentos. Quando foi capaz de falar para si mesma o que estava sentindo, ela se deu conta que não estava simplesmente consumida por amargura ou sede de vingança; o sentimento que teve foi de inutilidade, não apenas por sua batalha com o menino, mas também pela convicção crescente de que ela nunca escaparia da vida limitada que o destino lhe dera. Conhecera Earl quando estudava na Universidade Estadual; ela gostara dele, mas não o amara. Quando ouvia as pessoas usarem a palavra *amor* ela não tinha certeza do que elas queriam dizer com isso. Marta se casara aos vinte e um anos de idade; aos vinte e cinco já tinha dois filhos, tendo vivido toda a sua vida adulta como esposa de fazendeiro, coisa que havia jurado para si mesma que nunca deixaria acontecer. Havia certas mulheres que não se casavam ou tinham filhos, mas elas pareciam ser mais fortes do que ela. Elas aceitavam ficar à margem, ser olhadas com pena, como se não fossem realmente mulheres. Marta se desprezava por ter sido fraca a ponto de acabar daquele jeito.

Em um dos dias em que todas essas coisas passavam em bloco por sua mente, Marta atravessou a rua correndo em direção à farmácia; desta vez, não foi para pedir um novo remédio – pois ela sabia que não havia nenhum remédio que lhe servisse ali – mas para falar com Jenny. Marta abriu a porta da farmácia e Jenny achou que ela estava diferente – olhando-a diretamente nos olhos e movimentando-se com uma determinação ardente.

Marta conduziu Jenny com firmeza para o canto da loja mais afastado de onde o Sr. Renkin estava trabalhando.

— Eu quero dizer algumas coisas para você, e se eu não falar agora acho que nunca mais vou conseguir; então, por favor, me escute. Só vou levar um ou dois minutos. Você ainda é jovem e tem chance de tomar decisões antes que elas sejam tomadas por você. Você precisa saber, pois quando casar e tiver filhos a vida que você tinha até então vai ser tirada de você. Não, na verdade, você joga a vida fora quando concorda em casar e formar uma família, mas a maioria das mulheres não sabe disso e não decide realmente ter uma família, elas simplesmente vão indo e fazem isso. É preciso ser uma mulher muito forte para decidir não casar e não ter filhos; você pode ou não ser uma dessas mulheres; mas eu quero que você tome uma decisão antes de fazê-lo; porque se você realmente escolher essa vida, acho que sentirá menos amargura pela vida que estiver abandonando.

Marta não esperou pela resposta. Ela não pretendia ter uma conversa; apenas tinha que dizer isso como agradecimento para a moça que lhe entregara uma mensagem muito particular, de um modo que preservara um pouco da sua dignidade. Marta saiu da farmácia com passos muito rápidos, deixando como que um rastro atrás de si.

Marta agora vivia em um estado de mente sem ponderação; era arrastada para uma torrente de ação. Ela podia sentir a direção em que se movimentava, mas não sentia mais nada além de sua força imperativa. O que estava prestes a acontecer, aconteceria a despeito de qualquer interferência proveniente de qualquer pessoa. Marta não sabia a origem da ideia que tomara conta dela – ela era meramente a agente dessa ideia e não a sua arquiteta. A ideia podia ter se originado em algo que a mãe ou a avó ou mesmo um amigo lhe tivesse dito quando criança; ou em uma conversa que ela tivesse escutado, ou talvez em um sonho; talvez fosse um plano totalmente dela, realizando agora aquilo que tinha germinado há meses ou anos atrás, transformando convulsivamente algo imaginado em algo absolutamente real e irrefreável.

Dois

Desta vez, depois de sair da farmácia, Marta não retornou diretamente ao restaurante, foi até o armazém. Ela escolheu um par de luvas de trabalho de couro e alguns cordões de sapato, também de couro; logo em seguida, ela se deu conta de estar novamente na rua. Ela não conseguia lembrar quem a atendera no caixa, se tinha ou não aberto a bolsa para pagar a compra; olhou para as próprias mãos para ver se estava carregando uma sacola com luvas de trabalho e cordões de sapato e observou melhor a sacola. Ela viu uma sacola de papel marrom em sua mão esquerda. Espiou lá dentro e viu as luvas e os cordões que quisera comprar e ficou aliviada por não estar fora de si; no entanto, ficou aflita ao pensar que poderia ter parecido estranha ou dito algo sem sentido ou, pior ainda, dito algo sobre o motivo de estar comprando aquelas coisas. Ela imaginou que podia estar sonhando e que logo acordaria para descobrir que a sua vida era bastante simples e convencional, o que seria uma grande dádiva. Mas, a vida nunca lhe oferecera presentes desse tipo.

26   DOIS

Quando Marta finalmente retornou ao restaurante, percebeu que havia estado fora por mais de uma hora. O restante do dia não teve importância, foi apenas um período de espera antes do início do evento principal. Marta estava acostumada a esse tipo de espera. Quando criança, cada dia era um dia de espera pelo evento principal, quando o pai voltaria para casa no comecinho da noite. Ela aprendera a deixar o terror de lado enquanto esperava. Naturalmente, as coisas eram diferentes agora – ela era uma mulher adulta que tinha marido e filhos; mesmo assim, esse sentimento específico de espera ainda era parte integrante de sua vida.

Na hora do jantar, Earl falou:

— A previsão do tempo diz que não vai chover nesta semana e nem, provavelmente, nas próximas.

Poucos minutos depois, complementou:

— O Jeffers, do outro lado da estrada, falou que a égua dele ficou doente. O veterinário acha que é uma gripe. Se for, vai se alastrar como fogo.

Earl não parecia estar se dirigindo a ninguém em particular e, tampouco, não parecia esperar qualquer resposta. Warren e Melody estavam quietos, como sempre ficavam no jantar, olhando concentradamente para os pratos de comida. Marta parecia estar imersa em pensamentos.

Warren não ficou surpreso quando pouco antes da hora de dormir a mãe o chamou para ir lá fora com ela; não mostrou nenhuma reação quando ela retirou da sacola de papel as luvas de serviço de couro marrom.

— Estenda suas mãos e eu vou pô-las em você. É para seu próprio bem. Você não pode continuar sendo um bebê, tem de se comportar como os meninos da sua idade.

Warren estendeu os braços, palmas para cima, dedos esticados e abertos, como se mostrasse à mãe que nada tinha a esconder. Depois de enfiar as luvas nos dedos do menino, viu que eram grandes demais para ele; Marta tirou dois grossos cordões de sapato do saco e os amarrou cuidadosamente no punho de cada luva. Os cordões eram tão compridos que ela teve de dar várias voltas em cada pulso, o que deixou o conjunto muito mais bagunçado do que Marta pretendera. Warren estava quieto, os olhos focados além da cabeça da mãe, na linha escura formada pela contraposição do topo das colinas com o céu do anoitecer.

Depois que as primeiras tentativas de impedir que Warren chupasse o dedo fracassaram, Marta percebeu que o menino era extraordinariamente obstinado. Ele tinha deixado de ser o filho dela e ela cessara de ser a mãe dele; ele era um animal que ela tinha de amansar, e ela era o tipo de mulher que não descansava até terminar uma tarefa. Ela não tinha nenhuma ideia de como as coisas haviam chegado a esse ponto – parecia com uma avalanche, um evento levando a outro até a cena atual em que ela amarra tão apertadamente as luvas de couro em um menino de onze anos que, como ela bem sabe, se calcular mal pode bloquear o suprimento de sangue para as mãos dele e fazê-las gangrenar, levando à amputação dos dedos ou, talvez, de toda a mão – talvez esse fosse o precipício para onde estava sendo arrastada de forma irresistível.

Warren não chorou e não suplicou.

Na manhã seguinte, ele saiu do quarto com as luvas nas mãos e os cordões de couro amarrados. Parou em frente à mãe, pedindo silenciosamente para que ela as tirasse e ele pudesse trocar de roupa e fazer as tarefas necessárias antes do desjejum. Marta desfez os nós e tirou as luvas das mãos do menino; guardou-as cuidadosamente na gaveta inferior da cômoda de madeira, à direita do forno de lenha. Então, Warren voltou ao quarto e pôs as roupas de trabalho como se nada tivesse ocorrido.

Esse padrão se repetiu por vários dias. Uma manhã, Warren se vestiu e foi para o estábulo onde o pai e a irmã já estavam trabalhando. Antes de entrar no estábulo, ouviu Melody implorando para o pai impedir que a mãe tratasse o irmão de forma tão cruel:

— Ela é louca, você sabe disso. Por que você não faz com que ela pare?

Earl ficou totalmente mudo, sem saber o que falar. Finalmente, disse:

— Não é tão fácil. Warren feriu o orgulho da sua mãe. Ela sofre quando ele a envergonha e se envergonha perante os outros, na escola, com os vizinhos.

— Ela está amarrando as mãos de Warren com luvas de couro e cordas. Não suporto ver isso. Não sei como você consegue. Eu desamarro as luvas depois que ela sai e amarro-as de novo, pela manhã.

Earl contemplou-a com olhos tristes e profundos e disse:

— Eu sei que você faz isso. É a coisa certa para se fazer.

— Se você pensa que é a coisa certa, por que você mesmo não faz alguma coisa? Por que você não faz aquilo que acha certo?

— Gostaria de poder explicar isso a você, Melody, mas não sei como.

— Eu não me importo com as explicações, apenas quero que você faça alguma coisa. Você é o pai dele.

— Você não tem de me lembrar disso. Eu nunca esqueci, mesmo que assim pareça.

Da porta do estábulo, Warren observou a conversa silenciosamente.

Marta estava na cozinha quando os três voltaram de suas tarefas. Ela pressentiu que alguma coisa tinha acontecido lá fora. Foi como se ela despertasse de repente para algo que estava à sua frente o tempo todo; Marta falou em uma voz baixa e sem inflexão:

— Venha aqui.

Não era necessário que ela explicasse com quem estava falando. Warren foi até ela e estendeu as mãos, palmas para baixo, sem que ela tivesse que pedir. Marta pegou as mãos dele entre as suas, uma de cada vez, e examinou-as de perto. Ela estava principalmente interessada no polegar direito. A pele do polegar ainda estava macia por ter ficado dentro da boca dele a noite inteira; e, mais importante, havia duas marcas dos incisivos inferiores na pele, na ponta interna do polegar, impressões que revelavam para Marta a história que lhe era tão conhecida. Agora ela tinha certeza que Warren dormira a noite toda com o polegar direito na boca e que Melody ou Earl, ou ambos, tinham tirado as luvas e posto-as de volta pela manhã. Warren virou e sentou em seu lugar à mesa da cozinha, de costas para a mãe.

30   DOIS

Marta imergiu em uma raiva cuja selvageria nem Earl nem as crianças jamais haviam visto. Ela gritou e chorou e rogou a Deus que lhe dissesse o que havia feito para merecer um filho como aquele, tão obstinado, odioso, autocentrado, e que envergonhava a si mesmo, a ela e à família, todos os dias de sua vida.

Ela gritou para Warren:

— Eu nunca lhe quis. Você sabia disso?

Warren, ainda evitando olhá-la, não mostrou nenhuma surpresa pelo que ela disse.

Earl deu um passo em direção a Marta, mas ela recuou, berrando:

— Fique longe de mim, não ouse tocar em mim.

Earl falou com a maior calma e suavidade que lhe foi possível:

— Marta... Marta, você tem sido uma boa mãe para o menino, você cuidou bem dele.

A quietude tomou conta do lugar, instantes silenciosos e atemporais como aqueles que antecedem a explosão de uma granada de mão. O sol tinha se elevado acima do celeiro e projetava sobre o tampo da mesa um facho oblíquo e intenso de luz que depois saltava para a parede mais distante, clareando a pintura amarelada. O encanto foi quebrado quando Marta levantou a cabeça e olhou para Earl e Melody, que estavam parados entre ela e a mesa onde Warren estava sentado. Ela disparou:

— Vocês dois estavam metidos nisso com ele desde o início. Eu passei um inferno com ele e vocês têm o descaramento de me julgar e desfazer tudo que eu batalhei para conseguir.

Warren, ainda sentado à mesa da cozinha e de costas para o que estava acontecendo, olhava impassivelmente para a claridade da janela.

Earl falou no tom de voz o mais gentil possível:

— Nós não estamos contra você. Nós sabemos que você se importa com o menino e que você está fazendo o melhor possível para ajudá-lo.

Marta, com os olhos vidrados, caminhou de um lado para o outro ao longo da parede do fogão e da pia. Então, de um salto, pegou uma faca de cima da cômoda que ficava à direita do fogão, passou por Earl e agarrou a mão direita de Warren achatando-a contra a mesa e derrubando no chão o prato vazio, a xícara e o garfo. Inclinada sobre o ombro direito de Warren, e sempre segurando a mão dele contra a mesa, ela levantou o braço para apunhalar o menino na mão que tanto a oprimia. Warren não ofereceu resistência. Earl, saindo daquela paralisia momentânea, arremeteu à frente, agarrou o braço de Marta acima do cotovelo e empurrou-a para longe de Warren. Quando Marta girou em torno de Earl, a lâmina da faca relou no ombro dele. A selvageria nos olhos de Marta se intensificou em face da traição de Earl. Ela se afastou dele, cambaleando; recuperou o equilíbrio e tentou novamente golpear a mão que o menino ainda mantinha esticada sobre a mesa, os dedos separados, como ela havia deixado. Earl agarrou o antebraço dela com mais força, girando-a e afastando-a da mesa de modo que ficaram face a face, separados por poucos centímetros. Earl, que mantinha o braço direito de Marta apertado junto à lateral do corpo dela, ficou surpreso com a enorme força física dela e com a facilidade com que ela se livrou do garrote, rompendo ao se desembaraçar a membrana de pele entre o polegar e o indicador de sua mão. Ele olhou rapidamente para a própria mão, que sangrava profusamente; depois, olhou para cima encontrando o olhar claramente ameaçador de Marta. Mais uma vez ela estava de pé, recompondo-se para voltar a atacar Warren. Earl deu um passo para trás e então, com os joelhos flexionados e as mãos ao lado do corpo, tomou impulso e saltou, levando o ombro direito em direção ao pescoço de Marta e atingindo-a em pleno ar. Ela foi arremessada para trás, os braços estendidos como que tentando agarrar alguma coisa; a cabeça dela bateu no chão primeiro, antes do resto do corpo aterrissar; a faca voou para trás e depois deslizou pelo chão até parar no pé da escada. E então, nada.

O corpo de Marta ficou imóvel, ombros colados no chão, como que abatido por um lutador invisível. O mais alarmante era o jeito como a cabeça dela se conectava ao pescoço formando um ângulo impossível, igual à cabeça de uma boneca quebrada e jogada em uma pilha de lixo. Os braços e pernas estavam esparramados para todos os lados, mostrando a desconexão final e absoluta entre corpo e alma.

Earl deu alguns passos trôpegos à frente, ajoelhou ao lado da cabeça de Marta e, lentamente, deslizou a mão esquerda por baixo das costas dela e a mão direita sob a base da cabeça. Quando ele começou a erguê-la para fazê-la sentar, a cabeça dela dobrou lateralmente em sua direção. Intuitivamente, ele esticou os braços, temeroso, antes de abaixá-la novamente e com cuidado até o chão. Havia agora no lugar um silêncio diferente de todos os silêncios que já tinham sido sentidos. O ar estava espesso, as partículas de poeira girando, iluminadas pelos raios de sol que entravam de soslaio pelas janelas. Warren ainda estava sentado à mesa; em nenhum momento voltou-se para ver o que estava acontecendo atrás dele. Melody ficou alguns passos atrás do pai, observando-o enquanto ele se ajoelhava perto do corpo.

Depois de certo tempo – nenhum deles saberia dizer quanto – Melody perguntou:

— Ela está morta?

Earl, imerso em um mundo próprio, não ouviu a pergunta. Melody deu pequenos passos em direção à mãe. Observou que o tórax dela não estava se movimentando. Uma pequena poça de sangue começou a se espalhar no lugar em que a orelha direita de Marta tocava o chão.

Melody pensou que isso acontecera por culpa dela, porque ela a odiava:

— Não quero ser mãe. Eu nunca vou querer ser mãe.

Earl pensou que Marta tinha se machucado mais do que qualquer um, mais até do que o menino.

Warren olhou diretamente para o sol até começar a ver manchas coloridas dançando à sua frente; então, fechou os olhos.

Melody rompeu o silêncio:

— Precisamos avisar alguém.

Earl ainda não pensara nisso. A sensação era de irrealidade; tinha matado a esposa há poucos minutos – ou horas? – e estava ajoelhado junto ao seu cadáver. O que mais havia a se fazer além de ligar para a polícia?

34   DOIS

Menos de uma hora depois do telefonema de Earl, Randy Larsen chegou à fazenda Bromfman no carro do departamento de polícia do condado, um carro creme com insígnias verdes e inscrições pintadas nas laterais, e estacionou-o perto da caminhonete de Earl. Ele já estava lá fora, com a mão direita enfaixada em torno do polegar e indicador de um jeito esquisito.

— Olá Earl, lamento saber que alguém morreu por aqui.

Earl sentiu que Randy tentava ser amistoso e, ao mesmo tempo, deixar em aberto outras possibilidades.

Earl sabia que aquilo que ia dizer chocaria Randy, mas que ele nada demonstraria. Earl falou:

—Vamos direto ao assunto. O corpo de Marta está na cozinha, vamos entrar?

Randy seguiu Earl em silêncio, até os fundos da casa. Earl abriu a porta e deu a passagem a Randy, uma cortesia que em circunstâncias normais ele não faria. Randy parou na soleira, dando um tempo para observar o aposento antes de entrar. O corpo de Marta estava deitado no chão com a face voltada para cima e uma poça de sangue de mais ou menos sessenta centímetros de diâmetro espalhada em torno dos cabelos. Os braços estavam abertos, esparramados; a perna direita estava cruzada sobre a esquerda. Ninguém havia ajeitado o vestido de Marta, levantado até a metade da coxa direita. A faca estava no chão, no meio do aposento. Um prato de plástico e uma xícara tinham ido parar no canto mais distante do aposento, à esquerda de Randy, em um canto escuro, junto a uma poltrona esgarçada. Randy teve a impressão de que ninguém havia tocado em nada depois da morte de Marta, e que esse era um jeito de Earl declarar que nada tinha para esconder. De fato, Earl não estava pretendendo fazer qualquer tipo de declaração. Simplesmente, não lhe ocorrera ajeitar as coisas. O que acontecera, tinha acontecido; e o que teria de acontecer, aconteceria.

Randy aproximou-se do corpo de Marta e com destreza conferiu se havia pulso carotídeo; não achou nenhum. Olhou o corpo com cuidado, começando pela cabeça pendida e o pescoço quebrado. Levantou a cabeça e, depois de movimentá-la de um lado para outro, abaixou-a novamente com delicadeza. Então, examinou o corpo metodicamente, verificando de cima para baixo, o tórax, os braços, as mãos, as unhas, o abdômen, as costas, as pernas e os pés, verificando se havia cortes, feridas, hematomas, roupas rasgadas, urina, fezes e assim por diante. Earl sentiu como se a sua própria mente estivesse sendo inspecionada para buscar evidências de culpa, ódio, amargura, alívio, ciúme, infidelidade ou qualquer outra motivação humana, vã e conhecida.

Randy parou, inspirou profundamente e disse para Earl:

— Conte-me o que aconteceu.

— Não sou bom para contar as coisas. Marta sempre disse isso. Posso começar pelo fim. Nunca esperei algo assim por parte de Marta. Ela estava possessa. Veio para cima de mim com aquela faca, que está ali no chão, eu me desviei e ela me cortou aqui no ombro. Não foi nada profundo. Tentei tirar a faca dela porque Warren estava sentado ali na mesa, esperando pelo desjejum, e Melody estava ao meu lado. Queria evitar que fossem feridos. Tentei tirar a faca dela. Ela resistiu muito mais do que eu estava esperando e a lâmina me cortou aqui na mão, não muito feio. Tinha que fazer algo para impedir que aquilo fosse adiante. Já havia visto Marta nesse estado antes, mas nada como desta vez. Não planejei o que ia fazer. Acho que foi instintivo, mas avancei nela, como eu fazia quando

36   DOIS

jogava futebol americano no ataque e marcava alguém. Imagino que a atingi muito duramente, mais do que eu esperava, e ela caiu para trás e bateu a cabeça no chão. Eu a vi caindo em "câmera lenta", como nos filmes. Foi assim de fato. Eu a vi caindo para trás e soube que era grave, porque a cabeça dela ficou embaixo do resto do corpo, então eu percebi que a cabeça ia bater no chão primeiro e sabia que isso era ruim. Quando ela não se mexeu, fui até lá para ver como ela estava. Ela não estava se mexendo e nem respirando. Ela já estava morta.

Randy olhou para Earl e perguntou:

— Você não tem ideia por que ela chegou ao ponto de tentar esfaquear você?

— Não, não consigo imaginar.

Randy o pressionou:

— Nenhuma ideia? Não havia nada ocorrendo entre vocês? Quando as pessoas estão casadas há muitos anos, como você e Marta, elas acabam se conhecendo muito bem; quer dizer, sabem o que está incomodando o outro. Nenhuma ideia, mesmo?

— Não, eu diria se soubesse.

Randy silenciou por um momento e olhou em torno da cozinha novamente. Então disse:

— Earl, em mais de doze anos como delegado ouvi incontáveis relatos sobre como alguém se machuca ou morre. Uma vez que eu não estava presente quando as coisas aconteceram, só me resta ouvir a história e pensar se ela faz sentido para mim. Sempre existem um ou dois detalhes que fazem com que uma história se encaixe ou não para mim; se isso acontece, a impressão que ganho é de que aquilo que estão me dizendo é verdade. Você compreende?

— Não, acho que não compreendo.

— Earl, eu falo não apenas como delegado, mas também como alguém que lhe conhece há muito tempo e não quer que você tenha encrencas com a lei, pois acho que você não merece. O que eu quis dizer é que aquilo que você me contou não se encaixa. Não acho que você esteja mentindo, porque eu lhe conheço e sei que não é o seu jeito; então, penso que você está omitindo algo, por isso a sua história não soa verdadeira. É isso que me aborrece, Earl. Você vai contar essa história e ninguém vai acreditar; você irá tão longe que depois não vai conseguir voltar. Nós não estamos falando de questões como derrubar a cerca de alguém com o trator, estamos falando de uma pessoa que foi morta aqui.

— Eu sei que estamos. E sei que você está tentando me ajudar, mas eu disse tudo o que podia sobre o que aconteceu. Cada palavra que eu disse é verdadeira.

— Earl, então me ajude a ver se entendi direito o que aconteceu: Marta, sem nenhum motivo, pegou uma faca e atacou você; cortou o seu ombro. Depois, quando você tentou tirar a faca, ela cortou a sua mão. Aí você a atingiu com uma jogada de futebol americano tão dura que ela voou no ar, mergulhou de costas e caiu no chão, quebrando o pescoço e morrendo instantaneamente. E você não tem a menor ideia da razão pela qual ela lhe atacou?

Earl sabia que estava omitindo tudo aquilo que poderia causar danos severos a Marta, caso a cidade inteira soubesse. Mas o que aconteceu na casa e na família deles, e o que acontecera no passado, não era da conta de ninguém, só dizia respeito a ela. Não tinha nenhuma relação com o que a lei precisava saber a respeito da morte dela.

Randy tinha uma necessidade de alcançar a verdade; por isso, ficava aborrecido com aquilo que ele não compreendia.

— Earl, sou obrigado a dizer, pela minha experiência de trabalho como delegado, que deve ter ocorrido algo, pelo menos uma discussão, para Marta ficar tão exasperada a ponto de atacar você com uma faca. As pessoas não fazem o que Marta fez sem motivos. Mesmo gente maluca tem as suas razões para fazer aquilo que faz. E gente maluca não surta e tenta esfaquear alguém sem que ninguém perceba que alguma coisa estava para acontecer.

Earl olhou para Randy de um jeito que ficou claro que não diria mais nada.

Randy fez uma pausa antes de continuar:

— Earl, odeio fazer isso com você, mas antes de ir embora devo falar com as crianças, caso você autorize. Você disse que eles estavam na cozinha quando Marta morreu.

Earl foi chamar as crianças. Warren e Melody estavam no galpão atrás da casa, espiando por entre as ripas da porta da cozinha a conversa que o pai e o delegado estavam tendo como que há horas. Eles sabiam que o homem era o delegado por causa do emblema verde escuro pintado nas laterais do carro dele. Quando o pai os chamou eles demoraram um pouquinho para sair, para disfarçar o fato de estarem espionando.

Randy disse que lamentava o que havia acontecido com a mãe deles e que sabia como devia estar sendo difícil para eles; porém, ele precisava conversar alguns minutos com eles para que eles lhe dissessem o que tinha acontecido, pois cada pessoa vê coisas que ninguém mais percebe.

Randy começou por Melody, porque ela era mais velha. Pediu que ela contasse a sua história. Ela contou aquilo que o pai lhe dissera para contar, e o fez como se estivesse recitando uma tabuada.

Randy reformulou a pergunta para tentar afastá-la do roteiro que Earl escrevera; perguntou se ela tinha alguma ideia a respeito do que estava incomodando a mãe ultimamente. Melody não resistiu à tentação de falar o que sabia, pois finalmente existia alguém que queria escutá-la. Ela contou ao delegado o modo como a mãe tratava Warren com dureza, por muito tempo e sem nenhuma justificativa. Ela hesitou antes de contar o trecho seguinte, porque não queria deixar Warren constrangido; mas não havia mais como segurar aquilo que há tanto tempo ela precisava falar: que a mãe tinha vergonha de Warren porque ele, aos onze anos, continuava chupando o dedo em todo lugar, inclusive na escola e na frente de todos; e que ela tentara castigá-lo, e não tinha funcionado; e que depois ela tinha experimentado passar a pomada com gosto ruim, e também não funcionara; e que finalmente, ela tentou as luvas de couro.

Até esse ponto, Randy simplesmente escutara Melody e não a interrompera porque ela estava contando a história de modo muito claro; mas ele a interrompeu quando ela mencionou as luvas de couro.

— De que tipo de luva você está falando?

— Luvas de couro que os homens usam para fazer trabalho pesado, como cortar lenha, ou carregar feno nos caminhões. Ela as guardava na gaveta de baixo do armário da cozinha.

— E você disse que Warren tinha que usá-las à noite?

40 DOIS

— Sim, ela as punha em Warren à noite; ela amarrava um cordão de couro em torno dos pulsos para que ele não as tirasse – ele não tiraria porque é obediente e faz aquilo que lhe dizem para fazer – mas ela as amarrava para ter certeza que não sairiam do lugar.

Randy tentou não demonstrar qualquer emoção pelo que estava ouvindo.

— Por quanto tempo a mãe de vocês amarrou as luvas de couro em Warren?

— Foram apenas uns poucos dias, mas eu não aguentei vê-lo assim nem uma vez sequer; então, eu passei a desamarrar as luvas depois que ela ia dormir à noite e a colocá-las de volta de manhã cedo. Foi isso que a tirou do sério. Hoje de manhã, ela ficou enlouquecida quando viu que alguém tinha tirado as luvas de Warren. Fui eu quem fez isso. O que eu fiz acabou fazendo com que ela morresse. Mas eu não conseguia suportar aquilo.

Randy respondeu à menina, mas não mais como um delegado.

— Melody, você não causou a morte dela. Os adultos se atrapalham e acabam se matando sem qualquer ajuda dos filhos. Você agiu apenas como uma boa irmã mais velha para o seu irmão, uma irmã mais velha que eu teria orgulho de ter.

As lágrimas rolaram pelas faces de Melody. Ela não conseguia lembrar qual fora a última vez que tinha chorado, mas ela sabia que tinha sido há anos. Devia ter sido por alguma coisa muito ruim que a mãe fizera com ela ou com Warren, mas ela não conseguia lembrar o que era porque tinha acontecido há muito tempo; na época, Melody sentiu que o seu choro dera à mãe uma dupla vitória; desde então, ela prometera a si mesma que nunca mais ia chorar. Ela não imaginara que o que a faria quebrar a promessa seria um gesto de bondade, e não alguma dor.

Randy pediu para Melody continuar a lhe contar o que tinha ocorrido. Ela limpou o nariz com o braço e inspirou profundamente. Warren estava olhando atentamente para Melody, aguardando para ouvir o que mais ela iria dizer.

— Hoje de manhã, nós três fomos para a cozinha depois de terminarmos as tarefas. Ela estava ainda pior do que de costume. Olhou para nós e mandou Warren mostrar a mão direita. Ela viu que ele tinha chupado o dedo. Não sei como ela tinha tanta certeza, mas tinha. As luvas não tinham feito com que ele parasse; assim, ela concluiu que eu ou papai tínhamos retirado as luvas de Warren e estávamos unidos contra ela. Esqueci o que ela falou, talvez não tenha dito nada, mas pegou uma faca que estava em cima do armário onde guardamos as facas e panelas, perto do fogão, e foi para cima de Warren que estava sentado à mesa; antes que pudéssemos perceber o que ela ia fazer, ela agarrou a mão de Warren e a pressionou com força na mesa. Nós todos sabíamos que ela ia esfaquear a mão dele ou cortá-la fora ou algo assim. Então, papai pulou entre ela e Warren e segurou a mão com que ela empunhava a faca; mas ela se soltou e foi de novo atrás de Warren. Papai se jogou contra ela e ela caiu com força no chão e parou de respirar; ela estava morta.

Melody sabia que omitira do xerife o que havia dito ao pai no estábulo – que qualquer um podia ver que a mãe era louca e que cabia a ele impedir que ela maltratasse Warren de um modo tão horrível. Melody pensou que guardar isso para si mesma não mudaria o fato de o pai nada ter feito de errado: a mãe tentara esfaquear Warren e o pai apenas tinha tentado impedi-la. Earl não se importou com o fato de Melody ter contado a história como contou, revelando assim que ele mentira para Randy. Pensou que foi certo para Melody ter contado a história desse jeito, mesmo que ele mesmo não a tivesse contado assim.

Três

Depois de ouvir o relato de Melody sobre o que acontecera de manhã, Randy disse que precisava pensar um pouco no que tinha visto e ouvido antes de decidir o que fazer. Ele rodeou os fundos da casa e voltou para a cozinha. O aposento lhe parecia estranho, mesmo desconsiderando a presença do cadáver de Marta no chão. Há doze anos Randy trabalhava como delegado e já visitara centenas de casas, mas esta era diferente. A cozinha ocupava praticamente todo o andar de baixo, com um banheiro encaixado no vão da escada. O andar térreo de casas com aquele tamanho costumava acomodar uma cozinha, uma sala de estar e, às vezes, uma pequena área de refeição junto à cozinha. Este pavimento sem divisões dava a sensação de uma casa inacabada, como se quem a construiu tivesse desistido de terminá-la. Parecia mais com uma casa de bonecas vazia do que um lugar onde uma família de quatro pessoas vivia.

Pelo vão da porta traseira Randy notou que as quatro paredes do aposento estavam nuas: não havia um único retrato de família,

44 TRÊS

fotografia ou desenho de criança, nem mesmo um calendário ou relógio que quebrasse a desolação das paredes amarelo-pálidas, impregnadas de poeira engordurada. A mesa retangular de carvalho fora posicionada de qualquer jeito, no meio do aposento. Três cadeiras de madeira estavam alinhadas e enfiadas sob a mesa; a quarta, com o encosto virado para ele, estava longe da mesa. À esquerda de Randy, uma escada íngreme, com um corrimão preso à parede e sem guarda-corpo, conduzia ao andar de cima. As duas paredes, à frente e atrás de Randy, tinham duas janelas sem cortina e uma porta no centro. No canto mais distante, à esquerda, um conjunto de poltrona, mesinha e lâmpada despontava no escuro. Essas peças de mobília pareciam desancoradas, sem conexão com as outras coisas do aposento.

O corpo de Marta jazia a cinco metros da cadeira mais afastada da mesa, possivelmente a de Warren. O sangue que escorrera do ouvido de Marta tinha coagulado no chão. Randy recordou que Marta inspirava respeito, apesar do porte pequeno, com aproximadamente um metro e meio de altura e menos de quarenta e cinco quilos de peso. Earl, que devia pesar no mínimo noventa quilos, jogara o próprio corpo pesado, ombros à frente, no espaço entre o queixo e o pescoço dela. Naturalmente, um pai tem o instinto de proteger os filhos – talvez fosse apenas isso – mas, por que o gentil Earl atingira Marta com tanta força que o corpo dela voara a cinco metros de distância antes de cair de cabeça no chão? Por que é que ele não tinha usado apenas os braços para conter firmemente aquela mulher esguia? É verdade que ela estava com uma faca e já o tinha cortado duas vezes, e estava enlouquecida, mas ainda assim...

Randy tinha certeza de que a história de Melody era mais acurada do que a de Earl. Marta, por razões que ainda lhe eram misteriosas, parecia ter sido extremamente cruel com Warren e tinha ficado possessa com o fato dele chupar o polegar, o que a envergonhava – mas será que isso teria sido suficiente para ela, conquanto enlouquecida, atacar o próprio filho com uma faca, tentando aparentemente enfiar a lâmina na mão dele ou decepar o seu polegar? Sem dúvida, tinham sido extremas as medidas que ela tomara para impedir o menino de chupar o polegar – culminando em amarrar as mãos dele com luvas de couro. Mas por que Earl dissera ter sido ele o alvo do ataque, e não o filho? E por que ele omitira o fato de Marta estar usando pomadas e luvas para romper o hábito do menino? Evidentemente, ele instruíra Melody para não mencionar nada a esse respeito. O relato da menina era uma história de pessoas plausíveis fazendo coisas por razões que faziam algum sentido, mesmo que um sentido amalucado. A história de Earl não fazia sentido nenhum. Ele estava mentindo. Quem ele estaria protegendo – Marta, mesmo ela estando morta? Ele mesmo? Ou Earl estava certo – ela simplesmente enlouquecera do nada? Era possível que Earl estivesse cego quanto à loucura de Marta. As pessoas relutam em admitir quando um membro da família está enlouquecendo ou já enlouqueceu.

Como que despertando, Randy se deu conta de estar parado a não mais de seis metros de um cadáver, o que estranhamente não o incomodava. O corpo estava morto e a vida da família era um segredo mantido estritamente pelos três sobreviventes. Pelo modo como Warren se encolhia atrás de Melody sempre que tinha chance, desconectado de todos, exceto da irmã, Randy sentiu que Melody e Warren tinham criado uma família à parte, à qual ele e qualquer outra pessoa, inclusive Earl, não tinham acesso. Warren não tinha falado uma única palavra e Randy não o pressionara – ele era um menino de onze anos de idade, maltratado pela própria mãe, que atara luvas em suas mãos e depois tentara esfaqueá-las – ou pior. Ele estava em choque e tinha todas as razões para não querer falar com adultos, uma categoria humana que para Warren não valia grande coisa.

Quando Randy saiu da cozinha, o sol era ofuscante e o ar quente e úmido dava a sensação de se vadear um riacho de água quente. Ele ficou quieto por um momento e tirou o chapéu, para enxugar o suor que inundara seu rosto na meia hora em que estivera dentro daquela casa; então, chamou Earl, que estava carregando um saco de ração no ombro, e disse em um tom que soou mais irritado do que pretendera:

— Earl, você tem um minuto?

— Claro, o que você acha que deve ser feito?

Earl percebia que não estava chamando Randy pelo nome, já que agora ele não era apenas um homem que conhecia há tanto tempo, era também o delegado.

— Eu preferiria que fosse apenas uma verificação de rotina; infelizmente, tenho de perguntar a você, mais uma vez, o que aconteceu.

— Eu não sei o que posso lhe dizer além do que já disse. Marta veio para cima de mim com uma faca e eu tive que tirá-la do jeito que pude.

— Falar com você é muito frustrante, sabe Earl? Depois da versão que Melody deu – uma versão muito mais plausível que a sua – pensei que você admitiria que Marta tentou esfaquear o menino, não você. Mas parece que você não quer abrir mão da sua história.

— Randy, insisto que essa é a minha visão dos fatos. Se a de Melody é diferente, não posso fazer nada.

— Não consigo entender como as coisas foram terminar em uma tentativa de esfaqueamento: contra você ou o menino, de acordo com a sua versão ou a de Melody. Na versão da sua filha, Marta foi enlouquecendo porque o menino chupava o dedo; e degringolou completamente quando as luvas não funcionaram. Você nunca mencionou nada disso. Você nega que na luta para o menino parar de chupar o polegar Marta ficou violenta? Veja, vou colocar as coisas de outro modo, porque agora estamos em uma etapa diferente do processo. Você daria um depoimento oficial dizendo que a história que Melody contou a respeito das luvas para impedir Warren de chupar o dedo corresponde ao que estava acontecendo na sua casa antes do ataque ocorrer?

Randy pegou Earl desprevenido com essa pergunta; ainda mais pela expressão "depoimento oficial". Earl gaguejou:

— Bem... isso é difícil de... eu não sei se eu poderia dizer exatamente... é justamente isso... você sabe...

— Não, Earl, eu não sei. Esse é o problema. Esse tem sido o problema desde o início. Vou perguntar de outro modo:

— É verdade que Marta estava possessa porque Warren chupava o dedo? E que ela tentou puni-lo colocando pomada nos polegares e luvas de couro nas mãos dele? E que mesmo assim ela não conseguiu fazê-lo abandonar o hábito em casa, na escola e em qualquer lugar?

Earl, recomposto, disse:

— Não, não posso dizer isso oficialmente; não, eu não posso.

— Você sabe que se o depoimento for necessário você vai ter de confirmar ou desmentir as palavras de sua filha, uma menina de quinze anos de idade? A história que você conta é frágil, pois não dá uma razão para Marta ter passado dos limites; é difícil acreditar que essa seja toda a história. E então as pessoas vão completar as lacunas com a própria imaginação.

— Imaginar o quê? Ela me atacou e eu tentei evitar que as crianças fossem feridas por acidente? Não vejo nada de errado no que fiz.

— Earl, você me perguntou o que as pessoas podem supor para preencher as lacunas que a sua história deixa. Há uma porção de razões pelas quais ela poderia ter lhe atacado. Você poderia estar tendo um caso com outra mulher, estar batendo em Marta ou nas crianças; ou, até, estar envolvido em atividades ilegais, fazendo coisas anormais que a deixaram descontrolada.

— Você sabe que nada disso é verdade, você me conhece.

— Earl, sendo franco, de fato eu não sei se isso é verdade. Como poderia saber? Tenho de prosseguir a partir daquilo que vi e do que você e as crianças me contaram; e como as coisas não estão se encaixando bem, alguém está distorcendo a verdade; suponho que haja uma boa razão para fazê-lo.

No caminho de volta à cidade, Randy comunicou-se com o seu chefe, o xerife do condado Virgil Ryder, e colocou-o a par da morte ocorrida na fazenda Bromfman e do que conseguira apurar; alertou-o que ainda havia detalhes a esclarecer.

Depois que Randy foi embora, Earl avisou Melody e Warren que o corpo da mãe continuava na cozinha e que o legista viria à tarde para examiná-lo; depois, o corpo seria levado por uma perua para o necrotério do condado.

Melody perguntou ao pai:

— O que é um legista?

— Um médico que trabalha no escritório do xerife. Ele examina os corpos das pessoas mortas para descobrir como elas morreram.

— Todo mundo sabe como ela morreu, não sabe? Eles não acreditam no que falamos?

— Eles precisam ter certeza.

— Eles estão dizendo que você a matou de propósito?

— Não, ninguém está dizendo isso. O delegado disse que as pessoas vão ficar inventando histórias e por isso eles precisam apurar todos os fatos cientificamente.

— Eu não consigo ver como a ciência pode lhes dizer aquilo que nós não pudemos.

— Eles pensam que a verdade não é aquilo que uma pessoa fala; para eles, a ciência é a verdade.

— Você está com medo que digam que você a matou de propósito?

— Não. Eu sei o que aconteceu e você sabe o que aconteceu; a informação científica não pode dizer algo que não aconteceu.

— Eu não quero que eles inventem histórias sobre você. Eu disse ao delegado o que ocorreu. Por que você disse que ela lhe atacou? Você sabe que ela estava perseguindo Warren.

— Não interessa se ela estava tentando esfaquear Warren ou a mim. Eu tinha que detê-la de qualquer jeito, e eu teria feito a mesma coisa de qualquer jeito; por isso, eu não quis que a última coisa que se soubesse a respeito da sua mãe é que ela tinha tentado esfaquear o filho de onze anos, imagine a maledicência que isso traria. Deixe que eles inventem fofocas a meu respeito, sobre o que eu posso ter feito para deixá-la tão fora de si. A sua mãe sofreu muito durante a vida, então por que fazê-la sofrer mais depois de sua morte?

— Você acredita que ela possa sentir o que está acontecendo agora?

— Eu realmente não sei. Talvez ela possa, talvez não. Mas sei que eu posso sentir isso por ela, e eu não quero que as pessoas em volta fiquem fofocando e inventando coisas sobre ela, você e Warren. Eles não vão servir-se dela para fazer fofocas. Ela teve uma vida difícil. Um monte de gente não a tratou como ela merecia, e eu não quero que isso prossiga depois de sua morte. Eu sei que você é capaz de entender isso.

Melody olhou o pai diretamente nos olhos e disse:

— Acho que sim; mas você sempre a defendeu, mesmo quando ela estava errada. Fico assustada quando você mente. Você pode entender isso, não pode?

Earl olhou para a filha semicerrando as pálpebras, como um sabujo.

Melody não desistiu.

— É um pouco tarde para dizer tudo o que você devia ter dito quando ela estava viva. Você pode ao menos dizer agora, agora que ela está morta?

Earl sentiu que cometera muitos erros na vida; e Melody estava assinalando aquilo que ele sempre soubera, mas esperara que ninguém nunca percebesse – que ele era fraco.

Os únicos momentos em que Earl sentia alívio em relação aos erros do passado e às suas repercussões no presente era quando ficava olhando através da janela empoeirada da colhedeira, confortando-se com o ritmo do caminhão de grãos que se movimentava à sua frente tal como algumas pessoas encontram paz quando passeiam com seu cães de estimação; pois são eles que as conduzem e escolhem o caminho, afundando o focinho de vez em quando para cheirar o chão. Quando dirigia essa colhedeira, que o pai comprara quando ele tinha quatorze anos, Earl sentia possuir a mesma potência dos pneus duros e de sulcos profundos que aderiam ao solo e nunca derrapavam, mesmo na lama e na chuva. Na lavoura de trigo, Earl descobrira que era possível aprender algumas habilidades e contar com elas; podia contar também com os instintos e a capacidade para fazer bons julgamentos, desenvolvida com o tempo e com a experiência. Porém, nada disso valia para o modo como ele vivia as outras partes de sua vida.

Afortunadamente, a estação de colheita estava no auge; então, assim que Randy partiu, Earl contratou um motorista para dirigir o caminhão de grãos, subiu os dois degraus de metal e entrou na cabine da colhedeira; desde os quatro anos, ele acompanhava o pai na cabine da antiga colhedeira durante a estação de ceifa. Earl conhecia os sons, cheiros e vibrações da máquina como se fossem as batidas do próprio coração. Ele conseguia ouvir, sobreposto ao ronco do motor, o silvo da lâmina de ceifar golpeando as hastes de trigo na base e lançando-as no enorme tambor rotatório do debulhador. Earl dirigia a colhedeira com o olhar fixo nas fileiras de hastes de trigo à sua frente; mas com o canto do olho vislumbrava a nuvem amarelo-alaranjada dos grãos pulverizados que flutuavam como um halo sobre o fundo da caçamba do caminhão de grãos que serpenteava pelo campo.

Depois que a louça do jantar foi recolhida, Warren e Melody subiram para o quarto como sempre faziam; mas dessa vez foi diferente. Eles não precisaram se livrar da mãe e puderam conversar sobre ela, sem ela estar por perto. Fecharam a porta do quarto e cada um foi para a sua cama. Sentaram-se apoiados nas cabeceiras, olhando para frente. As camas ficavam próximas, separadas apenas por uma mesinha retangular. Eles sempre escolhiam essa posição para conversar. O quarto era quadrado, com um papel de parede descascado; continha um closet (para que Melody e Warren pudessem se trocar com privacidade) e uma cômoda improvisada que Earl construíra com as tábuas de embalagens de peças mecânicas. Havia uma única janela acima da mesinha, que dava para a parte dos fundos do terreiro.

Warren perguntou:

— Você está contente de ela ter morrido?

— Ela era a pior pessoa que conheci; não conheço outras mães, exceto pelos livros, mas penso que ela era a pior mãe de que já ouvi falar.

Melody era uma leitora voraz; retirava dois livros de cada vez na biblioteca da cidade, sobre qualquer assunto, e em poucos dias já os trocava por mais dois.

Warren sondou para ver se podia mesmo ficar contente com a morte da mãe, mesmo reconhecendo que ela não era má durante todos os minutos de todos os dias.

— Ela não estava fazendo coisas más o tempo inteiro.

— Você não está contente porque ela morreu?

— Sim, mas eu continuo pensando que ela ainda está viva. As pessoas mortas podem fazer alguma coisa com você?

— Não, claro que não.

— Você pensa que ela pode nos ouvir agora?

Warren não sabia muita coisa sobre o que acontecia depois que alguém morria; e estava aliviado porque Melody não debochara dele e de suas perguntas.

— Não, eu já disse; ela foi embora, não sobrou nada, só o cadáver que vai ser enterrado.

— A Srta. Wells disse que depois que a gente morre vai para um lugar onde a gente encontra todas as pessoas que amamos e que nos amaram.

— Mesmo que isso fosse verdade, ela não nos amava, então não a encontraríamos lá. Se existe um inferno, é lá que ela está agora.

Ambos riram, o que os ajudou a aliviar a tensão por terem dito essas coisas que sabiam que ninguém diz, mesmo quando são verdades.

Warren suspirou:

— Não consigo realmente acreditar que ela se foi.

— Foi estranho jantar sem ter ninguém sentado na cadeira dela; mas eu fiquei contente por ela não estar lá. Eu costumava observá-la pelo canto do olho para estar preparada para qualquer coisa que ela fizesse. Quase sempre ela fazia algo pior do que eu

54 TRÊS

conseguia imaginar, como pegar um garfo e espetar os nós dos meus dedos quando eu tentava pegar alguma comida.

— Você acha que papai também está contente porque ela morreu?

Essa era a segunda grande pergunta de Warren, logo depois da anterior – se Melody estava contente porque a mãe tinha morrido.

— Eu não sei o que passa na cabeça do papai. Acho que ele está contente, mas não totalmente.

— O que você quer dizer, não totalmente contente?

— Não sei por que ele se casou com ela. Ele é uma boa pessoa e ela não é, quer dizer, não era.

— Ela era má com ele támbém; então como ele pode não estar totalmente contente com o fato de ela estar morta?

— Eu não sei. Eu nunca soube por que ele ficava do lado dela mesmo quando sabia que o que ela fazia era errado. Não apenas errado, horrível. Imagino que é assim que você faz quando é casado. É por isso que eu nunca vou casar.

Warren finalmente sentiu-se livre para dizer o que pensava:

— Eu penso que ele é estúpido. Se ele gostou dela, então não pode ser muito esperto. Se ele casou com ela, deve ser um idiota. Se ele apoiou as coisas horríveis que ela fez e que ele sabia que eram horríveis, então ele também é covarde.

Warren se assustou ao dizer essas coisas em voz alta, mas continuou:

— Não tivemos uma mãe que nos amou. De vez em quando, quando ele não estava do lado dela, eu até gostava dele, mas isso nunca durou muito tempo.

Warren não conseguiu continuar essa linha de pensamento porque ela o levava à conclusão de que ele agora era um órfão. Melody conjecturou:

— Será que ele vai casar de novo?

— Duvido. Acho que ele já aprendeu a lição.

— Mas ele gosta da vida em família. Você pode ver o quanto ele ama o vovô e amava a vovó; e ainda ama o tio Paul e a tia Leslie. A vovó e a tia Leslie construíram famílias de verdade – todos na família se gostam – pelo menos na maior parte do tempo; e eles cuidam uns dos outros. Estou certa de que papai queria uma família como essa, mas foi impossível tendo mamãe como esposa.

— Você acha que ele nos ama?

Em seguida, Warren chegou à outra questão que ainda o queimava por dentro.

— Ele nunca faz nada com a gente, exceto o trabalho da fazenda e de vez em quando nos levar no caminhão para a cidade quando tem algo a fazer lá; e dificilmente fala qualquer coisa conosco.

Melody gostava de conversar com Warren. Ele ficava pensando o tempo inteiro e percebia coisas que ela não notava. Warren não só via coisas que ela não conseguia ver, o que é raro para um menino daquela idade – de fato, raro para um menino ou até para um homem de qualquer idade, ela pensou. Melody pensou que Warren era mais esperto que ela, mas ninguém mais percebia isso porque ele só conversava com ela e com mais ninguém. Melody era uma garota bonita com cabelos castanhos que emolduravam a face, a qual, por sua vez, emoldurava os belos olhos verdes. Ela era alta, tinha mais de quinze centímetros do que a mãe, e parecia mais velha do que era. Às vezes, as pessoas que não as conheciam achavam que Melody era uma irmã mais nova de Marta. Warren pensava que ela era a garota mais bonita da escola. Ele gostaria de tê-la como namorada, mas sabia que isso não era permitido, assim se conformou em tê-la como irmã.

Warren e Melody tinham um acordo tácito de não conversar sobre sexo. É claro que Warren percebia bem que agora Melody usava um *soutien* – uma palavra que ele ouvia dos outros meninos da escola – e que já há alguns anos ela fazia algo no banheiro, com umas caixas de coisas que ele não entendia, mas sabia que eram coisas de meninas e mulheres. Ele começara a ter sonhos molhados, o que o assustava, mas ele nunca disse nada disso a Melody e nem diria.

Melody interrompeu esses pensamentos.

— Parece que tudo mudou. A casa mudou, papai mudou, a fazenda mudou. Eu sou a mesma, mas tudo mais está diferente, exceto você, você também é o mesmo.

Warren não achava que tudo estava diferente. De fato, ele pensava que nada estava diferente, e era isso que o aborrecia. Warren podia sentir a presença da mãe na casa, em seu pai e, pior de tudo, nele mesmo. Ele pensava que Melody ficaria muito assustada se ele falasse isso em voz alta, então guardou essa sensação para si mesmo; ainda assim perguntou:

— O que aconteceria se papai morresse? Será que eles nos deixariam viver por nossa conta? Eu acharia bom se eles deixassem.

— Eles não deixam que pessoas de quinze e onze anos de idade viver por conta própria. Como ganharíamos dinheiro suficiente para cuidar de nós mesmos?

— Poderíamos vender a fazenda e viver nessa casa, se nos deixassem ficar. Podíamos dizer aos interessados que era a condição de compra.

— Existem leis. Você precisa ter dezesseis ou dezoito anos, esqueci quantos, para viver sozinho.

— Como eles saberiam? Eles podiam pensar que o comprador da fazenda cuidaria da gente. Você sabe que nós realmente não precisamos de ninguém para tomar conta de nós mesmos. Nós não precisamos que alguém nos diga para tomar o café da manhã, ou para arrumar nossas camas ou que devemos ir para a escola.

— Acho que eles não entenderiam isso. Eles pensam que ainda somos bebês.

— Depois que vendêssemos a fazenda, poderíamos mudar para outro lugar e falar que você tinha dezesseis anos e cuidava de mim. Você parece ter mais de dezesseis anos, você sabe disso.

— Warren, por que você insiste nisso? Papai está vivo e não está doente, nem velho ou nada disso, de forma que podemos viver aqui como sempre vivemos.

— Mas você não sabe o que vai acontecer.

— Pelo amor de Deus, Warren, o que é que você está falando?

— Hoje de manhã ela estava viva e ao mesmo tempo estava prestes a morrer, mas não sabia disso; ou, se sabia não se importou

58   TRÊS

ou não pôde fazer nada a respeito. O mesmo é verdade com relação a papai. Ele está vivo hoje, mas nós estamos envolvidos em algo que fez com que ela morresse e isso, facilmente, pode fazer com que ele morra. Não está terminado.

Melody não discordou de Warren dessa vez. Warren estava certo, algo se desmantelara naquela casa e uma pessoa já tinha morrido; era possível que o pai viesse a morrer. Ele não cuidava bem de si mesmo – veja com quem ele se casara. E ele era covarde em alguns aspectos, o que podia causar a morte de alguém. Mas quando a mãe tentou esfaquear Warren, ele a impediu da forma mais vigorosa possível: ele a golpeou e matou. Então por que, Melody pensou, o pai lhe pedira para não mencionar o modo como a mãe odiava Warren e como tentara impedir que ele sugasse o polegar, e como pusera luvas nas mãos dele? E, mais ainda, por que ele pediu para ela não contar que a mãe tentara apunhalar o irmão na mão?

Naquela noite Warren acordou gritando e fez Melody também acordar assustada. Ele disse:

— Sonhei que Earl estava torcendo a cabeça dela até arrancá-la; eu podia ouvir os ossos do pescoço dela estalarem, o mesmo barulho de quando a gente pisa em galhos secos. Eu não sei se ouvi os ossos dela quebrando quando Earl bateu no pescoço dela, ou se foi apenas um sonho.

Tanto Melody como Warren ficaram surpresos por ele ter chamando o pai de Earl, mas nenhum dos dois disse nada sobre isso. Daí em diante, Warren passou a chamar o pai pelo nome sempre que falava sobre ele com Melody, mas nunca com qualquer outra pessoa.

No dia seguinte à morte de Marta, Randy Larsen apareceu na fazenda quase no fim da tarde. Ele escolhera esse horário para não afastar Earl da colheita. Earl estivera em uma espécie de transe e perdera o controle do método que usava há quinze anos para fazer a colheita. Vários dos produtores de trigo vizinhos perceberam, pelo comportamento errático da colhedeira, que Earl sozinho não conseguiria completar a colheita. Sem dizer uma palavra sobre o assunto, os fazendeiros vizinhos fizeram um mutirão para terminar o trabalho de Earl, usando os próprios equipamentos e contratando alguns empregados.

Randy saiu do carro e expressou novamente seu pesar pelas dificuldades que a família estava passando; parecia estar sendo sincero. Também pediu desculpas a Earl pela intromissão naquele momento, embora isso fosse necessário. Ele informou que o xerife Ryder solicitara uma busca na casa; para isso ele precisaria de um mandado, a menos que Earl concordasse. Earl disse a Randy que ele podia prosseguir e que nada tinha para esconder; disse também que ajudaria Randy a encontrar as coisas que o interessassem. Randy agradeceu e disse que voltaria no dia seguinte, acompanhado de dois delegados para ajudar. Earl não precisaria interromper a colheita, a menos que quisesse acompanhar a busca. Quando Earl voltou para casa no dia seguinte, a busca tinha terminado e Randy deixara um recado agradecendo pela cooperação.

Warren pensou que tudo fora feito de forma tão polida que dificilmente alguém pensaria em uma investigação de assassinato. Melody sentiu-se confortada pela abordagem discreta do delegado. Warren sabia que algo de errado acontecera com a morte da mãe. Ele e Earl estavam à mesma distância da mãe quando este entrou de ombro no pescoço dela. Warren agora estava convicto de que os sons de ossos estalando, que ouvira no sonho, não eram sons que tinha inventado, eram os sons que ele ouvira enquanto o pescoço da mãe estava quebrando, sons que agora permaneceriam para sempre em sua cabeça.

Quatro

Assim que as crianças dormiram, Earl sentou-se na varanda da frente. Fez algo que adorava fazer quando ele mesmo era criança e também gostava de fazer quando Warren e Melody eram menores. Estendeu a mão à frente do rosto, a mais ou menos quinze centímetros de distância; todas as luzes da casa estavam apagadas e a escuridão era completa: ele não conseguia enxergar o mais tênue contorno da própria mão. A absoluta ausência de luz deixava-o maravilhado e assustado. O cricrilar dos grilos preenchia o vazio deixado pela ausência de visão. Sentado em uma das cadeiras de metal da cozinha, com os pés apoiados na balaustrada, Earl se recostou. Acendeu um cigarro e viu, de relance, as outras três cadeiras reunidas à sua volta como se fossem crianças esperando para ouvir uma história. As cadeiras com assentos de plástico vermelho esgarçado tinham sido abandonadas em uma pilha de quinquilharias por um vizinho que, após vinte e cinco anos de trabalho ingrato na lavoura de trigo, vendera a sua fazenda e carregara o

62   QUATRO

caminhão com tudo o que valia a pena salvar. Earl achava difícil acreditar que, neste mesmo dia, horas atrás, tinha matado Marta.

Pela primeira vez desde que acordara, ainda de madrugada, Earl estava só. Ele se lembrou das palavras que a mãe dissera quando ele e Marta se casaram no cartório do condado: "Quantas promessas esperam por vocês". Ela escolhera a palavra "promessas" dentre todas as palavras que podia ter usado. Durante os anos em que conviveram, ele e Marta tinham feito promessas e também as tinham quebrado; houveram promessas que nunca chegaram a ser feitas e coisas que ele prometera e poderia ter cumprido; promessas que nenhum dos dois pensara em fazer, porque não sabiam que era possível fazer tais promessas. Para Earl, a própria juventude tinha sido uma promessa de coisas boas que estavam por vir; mas, revendo suas esperanças, ele as achou espantosamente ingênuas. Earl conhecera Marta no mês de janeiro do segundo ano da faculdade, no campus nordeste da Universidade Estadual; ele era completamente inexperiente. Ficara encantado pela beleza de Marta, quando a avistara no pátio principal. Ela não tinha a postura arrogante das meninas que sabiam do poder que a própria beleza exercia. Earl jogara futebol no time do colégio e era cobiçado pelas líderes da torcida, o que o agradava; mas sempre se sentira desajeitado com as meninas. Elas sempre pareciam mais sabidas que os meninos nas brincadeiras do colegial. Era como se as meninas já nascessem conhecendo estratégias, como se fossem jogadoras de xadrez confiantes e experientes que sabiam instintivamente que jogadas fazer. Além disso, o jogo era influenciado pela vantagem colossal que os seios recém-desenvolvidos davam às meninas e que tinham o poder de deixar os meninos abobalhados.

Earl fora um estudante mediano no colegial e, para a sua própria surpresa, teve bom desempenho acadêmico nos três primeiros semestres da universidade. Ainda mais surpreendente foi ter se interessado verdadeiramente pelos cursos, especialmente Inglês, Filosofia e Matemática. Earl estava encantado com o fato de a universidade estar cheia de gente que ele nunca havia encontrado. Durante os primeiros dezoito anos de sua vida, convivera com aproximadamente sessenta crianças mais ou menos da sua idade. Elas lhe eram tão familiares que podia antever com precisão quase absoluta o que cada uma delas iria falar quando se cruzassem. Desde que deixara sua casa, nunca sentira saudades.

Na faculdade, embora ainda se sentisse desajeitado com as meninas e seus respectivos seios, Earl foi se sentindo cada vez mais livre para arriscar, e isso por duas razões: a primeira é que ele percebera que era mais inteligente do que supunha, o que também agradava a algumas meninas; a segunda é por ter se convencido que, caso se arriscasse, não teria nada a perder. A lógica da última crença era relativamente simples – ele não tinha uma namorada, ele queria ter uma namorada; assim, mesmo que ficasse desapontado caso uma menina o rejeitasse, isso não o deixaria arrasado porque agora tinha outras coisas em sua vida, sendo a mais importante o orgulho que sentia pela maneira como podia usar a própria mente. Desenvolvera também relações com "caras" da sua idade, relações cuja qualidade e intensidade ele nunca experimentara antes. Earl estava dolorosamente consciente de que ao usar o termo "caras" para se referir aos seus amigos homens e a ele mesmo, estava se evadindo de um problema. Ele tinha todas as características físicas de um homem, mas isso, apenas, não fazia dele um homem. Seu pai era um homem, seu irmão mais velho era um homem, mas Earl sentia que não merecia o direito de chamar a si mesmo de homem. E mais, ele sentia que a palavra "menino" tampouco se lhe ajustava. E "rapaz" era o nome que o professor da quinta série usava para repreendê-lo quando o apanhava cuspindo em alguém da outra fileira.

64   QUATRO

Esse era o estado de mente de Earl quando viu Marta pela primeira vez. Ela tinha uma aparência impactante. O cabelo era negro e brilhante como as penas de um corvo, com uma franja arredondada que cobria a testa; o cabelo liso descia até o pescoço onde as pontas viravam para cima em ângulo reto, contornando os lados e a parte de trás da cabeça. O cabelo negro contrastava nitidamente com a palidez da face e da testa, de uma brancura tão intensa que parecia barrar vigorosamente qualquer tonalidade marrom ou avermelhada que emergisse dos tecidos abaixo da pele. Earl nunca soube por que uma figura tão ameaçadora chamara a sua atenção, mas sim, fora atraído por ela. Inicialmente, ele tentou se insinuar na vida dela; ficava esperando até ela aparecer na cafeteria do campus e sentava à mesma mesa que ela escolhia. Ela estava sempre acompanhada de um grupo de estudantes que costumavam ocupar uma grande mesa. Aquela menina de cabelos negros e que parecia não se dar conta da sua presença, raramente olhava na direção dele; de alguma forma, e sem esforço aparente, fazia com que o fluxo de conversa desviasse dele.

Mas Earl persistiu. Finalmente, um dia ele a abordou. Ela estava parada no saguão da biblioteca conversando com outra moça e ele chegou perto delas; descaradamente, perguntou:

— Tudo bem se eu ficar aqui com vocês?

Marta era ainda mais bonita de perto; olhou-o vagamente, de um jeito que o dispensava com mais eficiência do que se lhe dissesse claramente para cair fora. Ele nunca tivera uma experiência assim. Mas em vez de se sentir desenxabido, achou a situação engraçada. De fato, sentiu-se invulnerável – agora, acreditava que não tinha mais nada a perder, porque ela parecia ser o tipo de menina que ele não admirava.

Ele fez de tudo para que fosse impossível ignorá-lo, e foi capaz de envolver Marta e a amiga em uma breve conversa; Marta ficou tentando achar uma desculpa para escapulir dali. Ela era uma moça temperamental e que falava pouco, muito diferente das líderes de torcidas do colegial que não paravam de falar.

Earl, contemplando a noite, pensou quem eram ele e Marta quando se encontraram pela primeira vez. Ele foi invadido por uma grande tristeza. Pensou que sentira atração por Marta porque ela era inalcançável. Imaginou se em algum momento ele fora tão atraído por quem ela era de fato como fora por quem ela não era. Ele nunca conhecera uma pessoa tão carente como ela. Será que ele tinha romantizado o sofrimento dela ou simplesmente o tinha ignorado e ido atrás de uma menina bonita? Ou era alguma outra coisa? Ela era inabordável, incognoscível. Desde os treze, quatorze anos, ou até mesmo antes, Earl tinha um desejo insaciável de conhecer que o caracterizava tanto quanto as próprias impressões digitais; ele supunha que todos também tivessem esse desejo: como as outras pessoas experimentavam o viver as suas vidas? E esse viver era diferente ou igual àquilo que para ele significava viver a dele? Quais seriam as diferenças entre a vida que ele tinha na família dele e a vida que se podia ter nas outras famílias? Como ele se sentiria se fosse uma menina, ou um judeu ou um homem velho? Ele queria saber milhões de outras coisas a respeito de como seria viver alguma outra vida que não a dele. Ele tinha certeza que se conhecesse como era a vida dos outros, saberia melhor como viver a própria. Ele sentia que esse jeito de conhecer não era um hobby filosófico, mas uma base sobre a qual poderia construir a sua vida.

Earl acreditava que todas as pessoas de sua idade também ansiavam ardentemente para saber essas coisas. Ele tinha uma grande urgência de encontrar respostas para as suas questões porque lhe parecia, com base naquilo que ele observava nas pessoas da sua

66   QUATRO

família, nas famílias de seus amigos e na escola, que quando as pessoas chegavam aos vinte anos alguma coisa morria dentro delas e todo o interesse nesse tipo de questão desaparecia. Parecia-lhe que quando uma pessoa ficava responsável pela própria vida e pela vida da esposa e dos filhos uma espécie de muro intransponível erguia-se dentro dela, apartando-a da necessidade de responder a essas mesmas questões. Esse tipo de questionamento era "inútil", pois não tinha nada a haver com a capacidade de sustentar-se e à família, ou com progredir na carreira.

Ele estava convencido que essas questões eram um luxo da infância, assim como ter casa e comida de graça e longas férias de verão, durante as quais as crianças são livres para fazer o que bem entendem. Ele raciocinava que não era um grande prejuízo não ter mais casa e comida de graça e longas férias de verão, porque essas perdas eram mais do que compensadas pela liberdade adquirida ao tornar-se adulto; assim também, não ter mais consciência dessas indagações e não ter mais necessidade de respondê-las era mais do que compensado pelo orgulho do "saber como", marca distintiva da maturidade e chave para alguém se livrar da inépcia e inibição infantis. O "saber como" dos adultos trazia consigo um sereno autocontrole, que podia ser visto nas mãos de um homem que conserta uma máquina ou quando se ouve nos alto-falantes a voz firme e forte do diretor da escola fazendo discursos. O que os adultos sabem, eles sabem com certeza – uma certeza que crianças nunca têm. Earl reconhecia que conquistar esse autocontrole era tão imprescindível que superava de longe a necessidade de responder às questões que lhe eram importantes.

Embora pensasse que todas as pessoas com menos de vinte anos de idade eram parecidas com ele, consumidas pelo desejo de falar das próprias questões, Earl nunca ousou fazer as suas perguntas aos amigos, ao irmão ou à irmã. Ele se preocupava, pensando que essas perguntas, especialmente as referentes à curiosidade de saber como uma menina se sente – significavam que ele era homossexual. Ele não sabia direito o que era um homossexual porque ele nunca encontrara nenhum, e ninguém que ele conhecia tampouco; mas, por alguma razão, ele achava que ficar pensando tanto assim era igual a ficar excessivamente voltado para dentro e, portanto, ser feminino. Ele sabia que ficava excitado com meninas e não com meninos; mas, sendo honesto consigo mesmo como às vezes ele conseguia ser, de vez em quando ele pensava em um menino. Earl esperava fazer amigos na universidade com os quais pudesse conversar dessas coisas antes que fosse tarde demais, antes que esquecesse as suas perguntas do mesmo modo como ficara amnésico para quase tudo que acontecera em sua vida antes dos três ou quatro anos de idade.

Sob essa perspectiva, Earl estranhava ter se sentido atraído por Marta; pois desde o começo ficara patente que falar sobre as questões dele ou sobre as dela, caso ela tivesse alguma, era uma espécie de anátema para ela. Meninas bonitas havia aos montes, e ele poderia ter tentado a sorte com muitas delas que teriam mais interesse em refletir e conversar. Mas, quando Earl avistou Marta pela primeira vez, naquele vibrante dia de janeiro, a mente dele não estava mais focada em encontrar alguém com quem conversar suas questões. Ele estava mais interessado em achar uma menina bonita com quem pudesse ficar; talvez até para fazer algo mais, embora "fazer algo mais" estivesse fora de seu alcance na época.

A persistência de Earl funcionou, sem que ele soubesse direito por quê. Inicialmente, Marta concordou em acompanhá-lo a palestras noturnas dadas por políticos, poetas e cientistas visitantes. Passados tantos anos, sentado na varanda ao final do dia em que Marta morreu, Earl ainda lembrava nitidamente dos nomes desses oradores – Frost, Auden, Stevenson, Rusk, Pauling, Salk – assim como de muitos dos poemas e das palestras que ouviu.

Ele e Marta conversavam e tomavam café depois das conferências; mas depois do café não havia sexo. Eles se davam boa-noite e voltavam para os respectivos dormitórios. Earl estava gostando cada vez mais de Marta, de um jeito que nunca gostara de ninguém antes. Não só porque ela era bonita; a patente estranheza dela o seduzia. Ela não aspirava ser como qualquer outra pessoa, nem tentava convencer ninguém de que era diferente. Ela não parecia se importar com o que pensavam dela. Marta recusava-se firmemente a falar de si mesma. Era muito vaga sobre o lugar onde tinha crescido, o que os pais faziam, se tinha irmãos e irmãs; não respondia a perguntas relacionadas à sua infância, tais como: se tivera uma melhor amiga, como se dava com os pais, irmãs e irmãos (caso tivesse algum), e se gostava da escola e assim por diante. Logo, Earl parou de fazer qualquer pergunta a respeito de qualquer coisa da vida dela – passada ou presente. Na época, o fato de terem começado a se relacionar depois de algumas semanas foi suficiente para Earl.

Marta gostava de Earl, senão o teria largado logo. Ela gostava da aparência dele, embora ele não tivesse uma beleza clássica – o rosto era um pouco quadrado demais, as orelhas muito grandes e a fenda no queixo, muito profunda. Ele era um homem alto e de ombros largos, que parecia estar à vontade com o próprio corpo de grande estatura, o que teve um grande apelo para Marta. Marta, apesar de muito bonita, nunca tivera um namorado. Tudo o que dizia respeito a esse assunto – como ela via pelo comportamento das amigas – parecia o contrário do que ela mesma queria. Por que ela iria se oferecer mais uma vez para virar propriedade de um homem, coisa de que todas as garotas que conhecia estavam sedentas – elas queriam "se dar" para um cara. A ideia de pertencer a um cara, ou a quem quer que fosse, repugnava Marta.

A aversão de Marta pela ideia de ficar "presa" a um cara ficou evidente para Earl desde o início, mas isso não o incomodou porque ele não estava apaixonado por ela e não tinha nenhuma vontade de ficar "preso" a ela. Ele apreciava a maneira com que ela rejeitava totalmente o roteiro usual de romances universitários. Eles passavam muito tempo juntos e começaram a sentir-se um pouco mais à vontade um com o outro, mas as coisas nunca eram fáceis com Marta. Uma noite eles estavam assistindo a um noticiário no porão de um dos poucos edifícios de dormitórios que tinha uma televisão. Tratava-se da cobertura de uma marcha de protesto ao longo dos portões de uma penitenciária estadual, onde um homem estava prestes a ser executado na cadeira elétrica. As pessoas entoavam: "Parem com a matança"; e os cartazes diziam: "Um assassinato não justifica outro" e "O que Jesus diria"? Marta, muito aborrecida com o que estava vendo, disse:

— E dos pais do menino de oito anos assassinado, ninguém fala nada? Não é certo que obtenham justiça? O homem matou o filho deles e deve pagar por isso com a própria vida.

Earl conhecia Marta bem demais para não discutir o assunto com ela. Ele não tinha uma posição clara a favor ou contra a pena de morte e podia ver argumentos válidos nos dois lados da discussão. Tentando não criar problemas com Marta, disse:

— Uma pessoa deveria saber que quando mata está pondo a própria vida em risco também.

Marta berrou, com a voz trêmula:

— Seja homem, pelo amor de Deus. Diga o que você pensa, não o que você pensa que eu quero que você diga. Se você é apenas um homem sim-senhor, eu poderia muito bem estar conversando comigo mesma.

Earl ficou abalado com a reação de Marta. Ela olhou para ele esperando por uma resposta, como um boxeador impaciente que saltita na ponta dos pés e espera que o oponente se levante do tapete. Então, Earl disse:

— Como posso pensar em alguma coisa com você gritando comigo?

Marta se afastou desagradada.

Earl disse:

— Você não quer conversar, você quer brigar. Você tem raiva do mundo e eu sou o único por perto em que você pode descontar; estou começando a ficar cheio disso.

Naquele verão, entre o segundo e o terceiro ano da universidade, Earl e Marta mudaram para um apartamento barato que ficava no ático de um prédio, próximo à rua que desembocava na marginal noroeste do campus. Nenhum deles levantou a questão da importância simbólica da decisão de viverem juntos. Eles trataram disso como uma questão prática – nenhum deles gostava da vida nos dormitórios e dividir o aluguel do apartamento sairia mais barato do que os quartos no edifício de dormitórios. Marta insistiu para que eles alugassem um apartamento de dois quartos, para que ela tivesse um lugar para estudar. Eles até podiam dormir na mesma cama, no mesmo quarto, mas cada um teria seu próprio quarto. Earl concordou. A senhoria alcoólatra, que vivia no térreo dessa casa de quatro andares, não quis saber se eles eram casados. O importante era que pagassem o aluguel no primeiro dia do mês.

Nessa época, a necessidade de Earl conversar sobre as suas questões recuperou um pouco da intensidade que tivera antes de ter conhecido Marta. Ele se preocupava de estar perdendo o interesse em suas questões; achava que provavelmente nem perceberia se elas desaparecessem, nem mesmo enquanto isso estivesse ocorrendo. Earl percebeu que, como nada acontecia com Marta naquela área, ele tinha que tomar a iniciativa; ela poderia acompanhá-lo ou não. A relação sexual que tinham uma vez por semana não era tão excitante quanto ele havia esperado. Marta mostrava um interesse muito pequeno em sexo e, nessa área também, Earl percebeu que dependeria dele introduzir alguma mudança.

Mas para Earl era mais importante mudar o modo como conversavam do que o jeito com que faziam sexo. Numa tarde quente de verão, ele fez a primeira tentativa; eles estavam deitados de costas, lado a lado, enquanto um ventilador portátil giratório, equilibrado precariamente em uma cômoda, os resfriava com intermitentes lufadas de ar.

Ele começou dizendo:

— Eu sempre fiquei pensando em coisas que as outras pessoas parecem não pensar.

Assim que começou, Earl sentiu Marta enrijecer, como se antecipasse alguma terrível revelação sobre masturbação ou qualquer outra coisa de que não quisesse tomar conhecimento.

Mas ele continuou:

— Parece estranho que agora, aos dezenove anos, eu sinta que a melhor parte da minha vida acabou – a melhor parte aconteceu entre os meus seis ou sete anos de idade até mais ou menos os dez ou onze anos. Não há nada melhor na vida do que ir de bicicleta até

72   QUATRO

a casa de um amigo, pegar uma pistola de ar comprimido e atirar em garrafas, ou queimar ninhos de taturanas, ou caçar gatos, ou jogar pedras pelo buraco de um pneu velho, ou caminhar ao longo dos trilhos da ferrovia e encostar o ouvido na linha para ver se o trem está chegando; ou inventar um jogo e elaborar as regras até que todo mundo concorde, e então desistir do jogo porque apareceu alguma outra coisa que achamos mais interessante, especialmente no verão, quando os dias são mais compridos. Nós éramos meninos e gostávamos de ser meninos; apreciávamos as coisas que os meninos gostam de fazer.

Earl fez uma pausa e então disse:

— Você sabe, tenho certeza de estar lhe entediando porque estou entediando a mim mesmo. Estou inventando um conto de fadas sobre essa parte da minha vida. Eu não era Tom Sawyer ou Huckleberry Finn. Minha família era de agricultores e todos nós trabalhávamos desde os cinco anos de idade, ou quase. Quando você cresce em uma fazenda, todo mundo na família trabalha como lavrador em tempo integral; e o resto da vida é algo extra que você espreme em um canto, quando consegue. Você vai à escola e sobra pouco tempo livre para fazer as coisas de que eu lhe falei. Mas sempre tive muito pouco dessa parte da infância, muito menos do que as crianças da cidade têm. Não havia tempo para que eu tivesse amigos do jeito que eles tinham. Nunca tive um melhor amigo. Mas, na maior parte do tempo, eu não sentia falta disso. Eu aguardava o ano inteiro a chegada do tempo da colheita, em agosto. Aí, as coisas ficavam bravas. Trabalhávamos desde o sol nascer até ele se pôr, lá pelas oito ou oito e meia da noite. Nós – meu pai, meu irmão e eu, e mais meia dúzia de empregados – éramos como máquinas de trabalhar e comer. De madrugada, minha mãe, minha irmã e algumas mulheres da cidade preparavam um enorme desjejum – meia dúzia de ovos, bacon, queijo, pão.

Marta sorriu, o que encorajou Earl.

— Eu não estou exagerando. Nós trabalhávamos como loucos até o meio da manhã; fazíamos um lanche com dois ou três enormes sanduíches de presunto, leite, bolo e outras coisas. Quando eu tinha quase quatorze anos, comecei a dirigir o caminhão em que a colhedeira despeja os grãos de trigo. De vez em quando parávamos e eu subia na traseira do caminhão; com uma pá enorme eu espalhava o trigo, para que ele não se amontoasse em uma só parte da caçamba e derramasse pelos lados. Eu sei que lhe contei duas histórias – a história de um garoto de fazenda solitário intercalada com a história de um lar. Ambas as histórias são verdadeiras e ambas são mentirosas. Veja, eu estou me alongando muito, mesmo para os meus padrões; então, agora vou ficar quieto.

Quando Earl parou de falar, Marta descobriu aliviada que ele não esperava que ela retribuísse do mesmo jeito. Ele apenas queria que ela o ouvisse. Ela tinha perguntas e histórias dela mesma, mas nenhuma era como as que ele tinha contado. As suas histórias eram sobre coisas assustadoras, dolorosas e constrangedoras demais de se lembrar, ainda mais de se falar a respeito. As histórias dela não eram histórias no sentido de ter começo, meio e fim. O que ela tinha eram fragmentos de memória e imagens congeladas. Ela admirava Earl por ter contado aquilo tudo, mas ficava assustada com aquele jeito de falar. E estava profundamente grata por ele não lhe pedir para fazer algo parecido.

Mais tarde, naquele verão, Earl contou a Marta que havia algo em que ele pensava há longo tempo.

— Quando criança eu pensava que Paul, meu irmão mais velho, era a criança mais legal do mundo; e ele realmente era. Ainda acho. Ele não parecia nem um pouco com os irmãos mais velhos dos meus amigos, que nunca os incluíam nas coisas que faziam com os próprios amigos. Eles falavam para o irmãozinho sumir, chamavam-no de raquítico, davam socos fortes nos braços dele para que ele fosse embora. Paul é seis anos mais velho do que eu; apesar disso quase sempre me incluía, até nos jogos de baseball com os amigos; eu dificilmente conseguia rebater uma bola, porque só tinha seis anos de idade e eles já tinham treze ou quatorze anos. Eles não se incomodavam de eu não jogar bem como eles. Eu fazia parte de verdade de um dos times, e ambos os times queriam vencer.

Eu não sei como ele fazia isso, ou por que fazia, mas eu me sentia muito bem jogando com eles. Eu me sentia amado por ele de um modo que era diferente do jeito que eu me sentia amado pelos meus pais. Eles tinham que me amar, ele não. E mesmo depois que ele saiu de casa, os amigos dele continuavam a passar lá para conversar comigo. Eles realmente gostavam de mim e não me menosprezavam como se eu fosse um irmãozinho café-com-leite.

Mesmo depois de ter mudado para Indiana, ele ligava muito. Quando era meu pai quem atendia o telefone, o que quase sempre acontecia, Paul disfarçava a voz e pedia para falar comigo como se fosse um amigo meu, que meu pai não conhecia; então meu pai me passava o telefone. Paul sabia que se meu pai reconhecesse a sua voz iria querer falar com ele, e depois seria a vez da minha mãe, e quando chegasse a minha vez ele já estaria cansado de falar.

Paul também fazia isso com meus pais e minha irmã. Ele ligava sempre para falar com um de nós. Ele não queria ter mais de um na linha, ao mesmo tempo, ou na mesma chamada. Sempre amei o jeito como ele fazia isso. Mas depois que se casou, ele sumiu. Pensei que ele era uma fraude e que apenas desempenhava o papel de um irmão mais velho perfeito, e que nunca realmente gostara de mim ou tinha tido prazer em estar comigo. Fiquei tão zangado com ele, e senti tanta pena de mim mesmo, que também passei a não ligar para ele. E então, quando ele ligava, eu simplesmente emburrava e não conversava com ele sobre as coisas que ambos gostávamos de falar, por exemplo, sobre o *St. Louis Cardinals*, que ambos amávamos. Desde que ele se casou, nunca mais falei com ele sobre *baseball* ou qualquer outra coisa. Não sei como outros irmãos mais novos se sentem a respeito dos irmãos mais velhos. Nunca perguntei, porque receava estar bancando o amante rejeitado. Mesmo agora, falando com você, eu me sinto um chorão. Não fiz a minha parte para reparar o que tínhamos, e acho que agora o que tínhamos morreu.

Marta escutou Earl sem sentir grande empatia. Ela teria dado qualquer coisa para ter tido alguém que tivesse cuidado dela do jeito que Paul cuidou de Earl, mas não achou que ele estava choramingando. Sua mente estava em outro lugar. Ela estava pensando em uma questão pessoal, sobre a qual não gostava de pensar; imaginava que se algum dia tivesse que falar com Earl sobre qualquer uma de suas questões, havia uma que não seria tão assustadora ou embaraçosa para contar – mas ela não queria falar agora. Era uma questão que estava com ela desde que conseguira se lembrar de algo: ela não sabia se era anormal odiar o próprio pai; não se tratava apenas de não gostar dele, mas sim de odiá-lo, querer matá-lo e odiar toda a própria infância porque ele fazia parte dela.

Earl continuou a contar para Marta as suas questões e memórias; Marta passou a esperar pela hora de ouvi-las. Earl crescera em um tipo de família que ela não acreditara que existisse, a não ser nos livros de histórias. Algumas vezes ela não acreditava nas histórias dele. A infância que ele descreveu não era ausente de problemas, mas não tinham sido grandes problemas e não tinham durado anos ou décadas. Earl crescera para odiar a vida de um

76   QUATRO

agricultor de trigo, e quando cresceu passou a odiar a pressão que sentia para assumir a fazenda; mas ele não cresceu para odiar o pai ou a mãe. A princípio, as histórias de família que Earl contava a enfadaram; depois, ficara com raiva, o que guardou para si mesma; finalmente, passou a achar cada vez mais doloroso ouvi-las. Supôs que as pessoas diriam que ela estava com ciúmes, mas ela não sentia ciúmes. De fato, embora soubesse que era doloroso sentir ciúmes, seria mais fácil do que não saber o que estava sentindo. Embora Earl tivesse convidado Marta muitas vezes para ir até a casa dele, para conhecer seus pais, ela se recusava a ir e não dizia por quê.

Uma noite, depois do jantar, eles estavam deitados na cama perto um do outro; Marta se forçou a contar uma história sobre si mesma. Ela se sentiu terrivelmente embaraçada.

— A diretora do meu colégio chamava Srta. Saunders. Ela gostava de mim e achava que eu era esperta, mas eu não me sentia esperta de jeito nenhum, mesmo tirando notas A, sempre. No primário, alguns dos professores sentiam pena de mim; eu era muito chata e me mandavam para a secretaria da escola para que eu lesse ou fizesse qualquer outra coisa. O colegial era muito maior que as escolas primária e secundária, porque aceitava crianças que moravam longe, reunindo estudantes provenientes de quatro escolas secundárias diferentes. De qualquer modo, a Srta. Saunders era a diretora do colegial e contratava todos os professores; vez ou outra, ela aparecia em todas as salas de aula e dava uma parte da aula, qualquer que fosse a matéria, que a classe estivesse estudando. Assim, conseguia conhecer todas as crianças. Ela era uma professora maravilhosa e as crianças e os professores a amavam.

Por alguma razão, ela se interessou por mim. Disse-me que o que eu escrevia a respeito de livros era interessante – não era só era bom para um estudante de colegial; era bom porque as ideias eram novas e a faziam pensar. Ela disse que havia um mundo inteiro lá fora, que eu não podia enxergar de dentro dos muros que circundavam o grupo de pequenas cidades em que viviam todas as crianças daquela escola. Lembro de ela usar essa expressão, os muros em volta das cidadezinhas, porque eu realmente sentia como se as cidades fossem circundadas por um muro. Ela disse que a porta para esse mundo extramuros era a Universidade Estadual. Já fazia muito tempo que nenhum aluno daquele colégio conseguia entrar na faculdade. A Srta. Saunders me ajudou a conseguir um requerimento para matrícula e uma candidatura para uma bolsa. Ela não tinha filhos. Quando meus pais souberam disso – não sei como – se opuseram ferozmente à minha ida para a faculdade. Falaram que eu estava pensando que era melhor que eles – quem eu estava pensando que era? Eles não podiam impedir que eu me candidatasse para a Estadual, mas eles se recusaram a preencher os papéis para a requisição de bolsa, na qual eles tinham que declarar a renda. A Srta. Saunders nunca me incentivou em palavras, mas me ajudou a preencher os papéis para candidatura e para a bolsa. Eu inventei um valor para os rendimentos dos meus pais, que devia ser bastante próximo do real, e assinei o nome do meu pai no requerimento.

Earl escutou o que ela lhe falou sem interrompê-la para fazer perguntas. Quando ela terminou, ele não disse nada; qualquer coisa que ele dissesse, Marta sentiria como condescendência.

Assim como Marta, Earl nunca pensara em ir para a faculdade. Ele sabia que não queria ser um fazendeiro; especialmente, não queria assumir a fazenda da família. Ele soube que tinha chance de conseguir uma bolsa de estudos por jogar futebol, o que arcaria com parte dos custos de ir para a Estadual; ele poderia trabalhar para pagar o resto; então, apostou nisso. Ano após ano, ele vira o pai e os outros fazendeiros passarem pelo mesmo ciclo de fertilizar, plantar, fazer crescer e colher o trigo; ao fim de cada ano, todos se encontravam exatamente no mesmo lugar aonde haviam começado. Na época, parecia-lhe que em poucos anos os fazendeiros aprendiam tudo o que havia para aprender sobre a lavoura de trigo; depois disso, eles não se tornavam melhores lavradores, apenas se tornavam velhos fazendeiros. O tempo, os gafanhotos e as doenças das plantas determinavam as colheitas que teriam. Havia um ponto em que ele e Marta concordavam plenamente: ser fazendeiros, como os próprios pais, seria a pior coisa no mundo que poderia lhes acontecer. Essa convicção profundamente compartilhada constituía um poderoso elemento do laço entre eles. Esse elemento, infelizmente, foi a primeira cruel ironia que os ligou irrevogavelmente entre si.

Cinco

A morte de Marta não alterou os ritmos da vida na fazenda, uma constatação que surpreendeu Earl e os filhos, pois foi como se ela não fizesse falta. Sem discutir o assunto, eles assumiram de imediato e com naturalidade as várias tarefas que tinham sido dela. A ausência de Marta não deixara um buraco, abrira um espaço. Earl notou como esse sentimento contrastava com aquele que experimentara durante meses, após seus pais terem deixado a fazenda para viver no leste. Nessa época, Melody tinha seis anos de idade e Warren, dois. O pai de Earl, Henry, não suportava mais os invernos muito frios e úmidos do centro-oeste, pois sua artrite piorava tanto que ele mal conseguia andar. Mudaram para a Carolina do Norte, onde a filha Leslie morava com a família. Flora, a mãe de Earl, morreu de câncer pancreático seis ou sete anos após a mudança.

Earl se deu conta de que raramente pensava na mãe, e quando isso acontecia era muito significativo. No palco em que encenava a sua vida, e para a plateia que a assistia, Flora fora uma personagem

80   CINCO

discreta; com os filhos, era menos apagada. Dava importância apenas àquilo que era importante para ela. Era chata e meticulosa com os filhos, educando-os para fazer as coisas de modo correto – por exemplo, esperar todo mundo sentar antes de começar a comer; ela cuidava para que eles não falassem de forma vulgar, não admitia gíria e erros de concordância; Flora, porém, raramente fazia julgamentos morais. Ela não tinha feito faculdade, mas era uma mulher muito inteligente, gostando muito de conversar com o pastor sobre os sermões que ele dava, particularmente quando tinham interpretações diferentes sobre determinados trechos da Bíblia. Ela considerava as parábolas como comentários sobre a vida cotidiana de pessoas comuns, e não como descrições do comportamento divino dos santos e do salvador. Para Flora, o pastor era alguém como ela, e igual a qualquer outra pessoa. Não hesitava em sugerir ao pastor que visitasse e confortasse um membro da congregação ou alguma família que estivesse passando por perdas ou atribulações. Aceitava as pessoas como eram, e não lhes pedia para mudar. Todos os filhos de Flora experimentaram isso de forma intensa e clara. Quando ela morreu, Earl, Paul e Leslie, conversando sobre a mãe, descobriram surpresos que cada um deles acreditava, secretamente, ter sido o filho favorito; mas esse sentimento era correto, já que cada um deles era uma pessoa diferente e, nessa condição, o mais amado e de um modo especial.

O contraste entre a mãe de Marta e a de Earl não podia ter sido maior; Marta fora bem recebida na família por Flora; ela vira de imediato que Marta, embora se esforçasse para não deixar transparecer, tinha uma alma profundamente ferida. Marta fazia Flora se lembrar dos passarinhos machucados que Earl, quando menino, trazia para casa para cuidar e tentar curar. Ele ficava dando água aos pássaros com um conta-gotas de remédio, mas as aves sempre afastavam os bicos, pois não percebiam que o menino estava tentando ajudá-las. Nenhuma delas chegou a sobreviver. Todos esses pensamentos percorriam a mente de Earl enquanto ele arrumava o salão após o jantar; Warren e Melody estavam conversando lá fora, no quintal de trás, brincando de atirar pedras dentro de um balde cheio d'água do poço. Uma única vez, nos dois anos em que Earl e Marta moraram juntos no apartamento do ático, próximo ao campus, ela mencionou que tinha uma irmã mais nova. Contou que perdera o contato com essa irmã alguns anos atrás, e que a última notícia que tinha é de ela estar viajando pelo país de um jeito mambembe, junto com um homem sete ou oito anos mais velho. Tacitamente, Marta deixou claro que isso era tudo o que tinha a dizer sobre a irmã e que ele não devia fazer nenhuma pergunta, nem mesmo qual era o nome dela.

Earl tinha uma lembrança vívida do primeiro encontro que tivera com a irmã de Marta; foi em uma tarde no começo das férias de verão, entre o terceiro e o quarto ano da faculdade. Ouviu batidas na porta do apartamento, o que era muito raro, pois eles viviam meio que isolados no ático. Abriu a porta e percebeu de imediato, pela forte semelhança, que ela era irmã de Marta. Elas tinham a mesma face oval, mas o cabelo da irmã era castanho-avermelhado, mais comprido e ondulado do que o de Marta, o que lhe dava um ar mais jovem e mais suave. Estava vestindo jeans branco e um abrigo verde limão de nylon sobre a camiseta amarela. No chão, encostada em sua perna esquerda como se fosse um cão de estimação, uma mochila de lona azul. Eles se apresentaram – ela se chamava Anne.

— Marta está lhe esperando?

— Não, eu sou o tipo de pessoa que ninguém espera; todo mundo acha ruim quando chego.

82   CINCO

— Como você conseguiu conquistar uma fama tão ruim em tão pouco tempo?

— Bem, não é assim tão difícil. Tudo o que você tem de fazer é largar o colégio, se envolver com bêbados desempregados e não ter endereço fixo.

Earl sentiu-se arrebatado pelo olhar cintilante dessa moça muito bonita. Anne disse:

— Receio que Marta vá ter um chilique quando chegar e me encontrar aqui.

— Você só trouxe essa mochila?

— Sim, eu não preciso de muita coisa – nenhum vestido de coquetel ou terninho de trabalho, ou qualquer coisa do gênero. E devo ter perdido minha maquiagem no meio do caminho. Você é o namorado? o noivo? o marido de Marta?

— Para falar a verdade, não tenho certeza. Sei que não sou noivo e nem marido dela, mas não acho que ela me considere apenas um namorado.

— Bem, estamos no mesmo barco; não sei se ela me chamaria de irmã. Não sei se o fato de sermos irmãs significa alguma coisa para ela além de termos sido criadas na mesma casa, com a mesma mãe e o mesmo pai.

— E para você, Marta significa alguma coisa a mais do que isso? Earl perguntou.

Anne se espantou por ele ter cortado a brincadeira. Ela disse:

— Você sabe, essa é uma boa pergunta. Nós duas tínhamos uma espécie de emprego em tempo integral, que era ficar tentando salvar as nossas peles; assim, não tínhamos muito tempo de sobra para notar se existiam outras crianças em casa.

Anne era a pessoa mais rápida que Earl já encontrara.

— Marta saiu de casa aos dezessete anos. Depois disso, mamãe e papai – é estranho chamá-los assim – ficaram em maioria. Marta viveu na casa da diretora da escola, no último ano do colegial. E depois que Marta foi embora, fiquei a sós com eles por mais dois anos. No meu último ano de colegial vivi com um casal de tios. No ano passado fiquei viajando.

— Você não falou que largou o colegial?

— Disse isso para dramatizar. Se passarmos algum tempo juntos, ou você se acostuma com isso, ou então vai me odiar.

— A decisão sobre você poder ou não ficar conosco não é minha.

— O que lhe fez pensar que eu quero ficar aqui com vocês dois?

Earl balbuciou:

— Eu... sinto... muito... você está certa. Você não pediu nada. Por favor, entre. O que estamos fazendo parados tanto tempo aqui fora?

Anne pegou a mochila e entrou no apartamento.

— Eu não quero atrapalhar o que você estava fazendo antes de eu ter baixado por aqui.

84   CINCO

— Você não baixou. Você bateu na porta e eu lhe convidei para entrar. Por que você não põe as suas coisas no estúdio, uma palavra bonita que demos para um armário com estante de livros e uma escrivaninha dentro. É a última porta à direita, no fim do corredor. Fique à vontade, no estúdio ou na sala que fica à sua esquerda. Daqui a algumas horas Marta deve estar de volta.

Mais tarde, assim que ouviu Marta subindo o lance de escadas para o quarto andar, Earl foi esperá-la do lado de fora do apartamento. Surpresa por vê-lo parado ali, ela perguntou:

— O que aconteceu?

— Anne chegou há algumas horas atrás e eu quis que você, antes de entrar, tivesse alguns segundos para pensar no que quer fazer com ela.

Marta ficou contente de ter tempo para se preparar, mas não agradeceu em palavras; da mesma forma, nunca se desculpava quando desrespeitava, magoava ou era cruel com alguém. Pois Marta recusava-se a assumir os encargos da dívida gerada ao se expressar gratidão ou desculpas em palavras.

— Você quer ajuda para lidar com isso? Earl perguntou em uma voz melosa, querendo agradar. Ele não gostava do fato de estar sentindo medo de Marta.

— Lidar com o quê? Marta retrucou.

— Com Anne. Você não fala com ela há dois ou três anos, não é mesmo?

— Ela disse por que está aqui, o que ela quer?

— Não, ela não deu nenhuma pista. Está com medo de você não gostar de ela ter aparecido aqui sem ter sido convidada.

Marta pegou a bolsa de livros e entrou relutante no apartamento. No vestíbulo, ao pousar as suas coisas e pendurar o casaco sentiu que a tensão da conversa com Earl no corredor se esvaíra, dando lugar a outro sentimento, uma espécie de suspense que antecede o início do evento principal, um sentimento sempre presente nos seus bastidores. O lugar estava completamente silencioso. Earl entrou em seu quarto e fechou suavemente a porta. Marta percorreu o corredor até a cozinha e desabou em uma cadeira. Deixou que as sapatilhas caíssem no chão e, sem tirar as meias pretas, massageou os pés com uma mão e folheou o jornal espalhado na mesa em frente com a outra. Uns dez minutos depois, Marta se levantou e voltou pelo corredor; olhou primeiro à direita, a sala estava vazia; então bateu levemente na porta oposta, a porta que dava para o estúdio. Marta ouviu quando Anne levantou, a cadeira sendo arrastada, os passos que ela deu até a porta. Quando a porta abriu, estavam a menos de sessenta centímetros de distância, uma proximidade que era desconfortável para ambas. Nenhuma das duas soube o que fazer: estender a mão para cumprimentar – muito formal; um abraço – muito falso; um sorriso – obviamente, sairia forçado. Ficaram sem graça por um momento, até que Marta disse:

— Quanto tempo! Vamos até a cozinha. Você está com fome? Quer um café?

— Não, estou bem.

Marta virou à esquerda e venceu rapidamente a pequena distância até a cozinha, com Anne em seus calcanhares. Lá escolheram lugares equivalentes aos que costumavam sentar na casa da

86   CINCO

família onde tinham crescido – uma em frente à outra, nas laterais da mesa retangular. Marta começou:

— O que você anda fazendo?

— Obrigada por começar. Eu estava pensando em como começar, mas nada parecia servir. Não sei se você ficou sabendo que deixei a casa de tio Bill e tia Ellen há um ano e meio, logo depois de completar o colegial. Fiquei viajando pelo país com um cara chamado Roger, tendo empregos esquisitos, acampando ou vivendo em motéis. Cansamos desse tipo de vida e cansamos um do outro. Nunca houve muita coisa entre nós. Apenas queríamos companhia enquanto matávamos o tempo e esperávamos que alguma brisa nos levasse para cá ou para lá.

— Parece ter sido solitário.

— Foi, e estou contente que acabou. Em que ano da faculdade você está?

— Passando para o último, no outono.

— Como foi isso? Anne se interrompeu. Que pergunta ridícula. Fico preocupada de lhe sobrecarregar e fazer com que você deixe nossa infância morrer prematuramente, e eu com ela. Sou o fantasma dessa infância ressurgindo dos mortos.

— Isso é verdade, mas pensei em você e torci para que estivesse bem. Você está bem?

— Agora estou, pois posso cuidar de mim mesma. Espero que você acredite no que estou dizendo. Senão, você vai pensar que eu me larguei aqui na soleira da tua porta de propósito, para você me adotar, e não estou fazendo isso. Se existe algo que aprendi na nossa casa é como não depender dos outros. Você sabe que isso é verdade, não sabe?

— Sim, eu sei e quero mesmo saber o que você esteve fazendo desde a última vez que conversamos.

Anne não sabia se havia uma única palavra sincera em tudo o que a irmã falava. A própria Marta também não sabia, porque na verdade, desde que saíra de casa, nunca se preocupou se voltaria a ver Anne; e nunca mais pensou em qualquer coisa relativa à infância delas. Mas Anne estava ardendo de ansiedade para conversar com a única pessoa no mundo que também sabia como fora crescer naquela casa; então, deixou de lado as dúvidas que tinha a respeito da sinceridade de Marta e disparou a falar uma torrente de palavras.

— Tudo bem, então eu vou lhe contar a versão não editada, ou pouco editada, dos últimos anos. Quando fui viver com tio Bill e tia Ellen no último ano do colegial, tive que mudar de escola; foi difícil, mas valeu a pena. Papai – odeio chamá-lo assim – ficou pior ainda depois que você foi morar com a Srta. Saunders. Ele ficou furioso, sentindo que você o envergonhara; mas você já tinha dezessete anos e ele não podia impedir; acabou concordando e ainda achou um bom negócio, porque com você fora de casa economizou algum dinheiro. Toda vez que tinha chance, ele beliscava meu traseiro e ficava se esfregando nos meus seios – igual ao que fazia com você – além de outras coisas. Mamãe, patética, passou a beber ainda mais. Ela foi deplorável. Receio que era justamente isso o que você não queria ouvir, então me avise quando devo parar. A última vez que tentamos conversar acabamos discutindo – acho que é porque eu falei demais – e não quero que isso aconteça de novo.

88 CINCO

— Quando imagino aquela casa, não incluo você lá. Tenho sido eficiente em deixar coisas de lado. Não, eu sempre fui boa nisso. Essa é a nossa diferença. Eu me tornei fria, nada podia me tocar. Eu sei que os meninos no colegial costumavam me chamar de peitinhos de gelo.

Anne suspirou com força e disse:

— Dói ouvir você falar essa expressão. Achei que você não sabia. Eles eram animais.

— A única maneira de tratar animais perversos é assim, assustando-os, e foi isso que eu fiz e ainda faço. Eu assusto Earl.

— Você também me assusta.

— Eu sei.

— E eu acho que também assusto você, Anne disse.

— Sim, assusta.

— Eu tenho que falar o que aconteceu em casa. Por favor, tenha paciência. Sinto como se dentro de mim tivesse uma máquina que fabrica imagens continuamente, elas vão se amontoando e me entopem a ponto de eu explodir. Às vezes, quando penso na vida ali, penso em você. Quando nós quatro assistíamos televisão, e ele começava a fazer aquela coisa estranha com a mão dentro do bolso, lembro que olhava para você até os nossos olhos se cruzarem e acompanharem o que ele estava fazendo. Às vezes, você fingia não notar que eu estava olhando para você.

— Foi aí que eu tracei a linha divisória. Não comece a me culpar pelos seus problemas. Eu tive os mesmos problemas que você vivendo naquela casa, e fiz o melhor que pude – ambas fizemos. Mas eu não podia levar você. Se tivesse tentado, teria afundado; por isso, não me arrependo do modo como lidei com isso. Se tivesse que fazê-lo novamente, faria exatamente do mesmo jeito.

— Por favor, não fique brava. Eu realmente não a culpo por nada do que aconteceu.

— Veja. É isso que quero dizer. Você não está me acusando quando diz "por nada do que aconteceu"?

— Imagino que estou.

—É por isso que você me assusta – pelas suas acusações.

— Nós não éramos apenas duas asiladas na mesma casa, Marta; para mim, também é difícil chamar você pelo nome. Não sei por quê. Você foi uma parte importante da minha vida, você ainda é. Não sei se você se dá conta, mas, para me proteger, você absorveu um monte de radioatividade naquela casa. Eu nunca vou me esquecer disso, não importa o quão pouco eu signifique para você agora.

— Você está me acusando de novo.

— Como você pode dizer isso? Não é uma acusação dizer que você me protegeu, e eu me sinto grata a você por isso.

— Quando você diz que "não tem importância para mim" parece uma acusação. Eu sei que poderia ter feito mais do que fiz por você; e não devia ter lhe deixado sozinha com eles naquela casa.

— Gostaria que você não tivesse me deixado, mas você fez a coisa certa para você. E, ao sair, preparou a cena para que eu pudesse ir embora, no meu último ano do colegial. Papai ficou mais

90   CINCO

constrangido de você ter ido viver com alguém que não era da família do que quando fui viver com parentes. No meu caso, foi como se o problema fosse meu, e não deles.

— Não precisa me apaziguar.

— Mas eu preciso lhe dizer o que aconteceu – a coisa toda. Se eu de fato lhe culpo pelo que aconteceu, então estou inventando uma história para fazer você se sentir mal; não foi por isso que eu vim até aqui. Se for isso o que eu estou fazendo, então vou me afastar de você. Porque não quero que seja assim – por minha própria causa.

— Eu acredito em você, mas às vezes é difícil.

— Eu minto muito. Nós duas mentimos – eu minto inventando histórias, você mente omitindo fatos. Pelo menos, era isso que fazíamos quando crianças e que eu ainda faço. Não sei se você ainda mente. Você precisa saber que eu estava mentindo quando contei que Roger e eu terminamos nosso ano de perambular juntos pelo país porque cansamos um do outro. O que aconteceu é que o meu último ano do colegial, o ano em que fui viver com tio Bill e tia Ellen, foi muito difícil, embora muito melhor do que era em casa. Eles foram muito bons comigo. Mas eu não conseguia me concentrar na escola; as matérias não eram difíceis, mas eu não conseguia estudar para os exames, nem mesmo fazer a lição de casa. Eles me deram o diploma do colegial de presente. O colégio até me liberou dois meses antes do fim do curso, acho que queriam se livrar de mim, para eu nunca mais me matricular na escola. Pensei que poderia ser bom se eu me afastasse de tudo e de todos que eu conhecia. Assim, topei viajar pelo país com Roger.

— O que realmente aconteceu depois de oito ou dez semanas é que comecei a desmantelar. Não conseguia dormir. Era como se estivesse pilhada. Estava convencida que Roger estava tentando me matar. Uma noite, depois que ele adormeceu, peguei o carro e fugi – achava que ele estava me mantendo prisioneira. Eu estava dirigindo muito rápido e havia muito barulho trovejando na minha cabeça; aí derrapei e caí em um barranco, amassei todo o carro. Quando a polícia chegou, eu não sabia por que estava ali ou o que tinha acontecido; eles chamaram uma ambulância e me levaram para um hospital. Pensei que estavam me prendendo, a mando de Roger.

Marta imaginou se Anne estava drogada quando saiu da estrada, ou se ela tinha batido o carro em uma tentativa de suicídio, se é que existira mesmo algum acidente de carro.

— Quando chegamos ao pronto-socorro, tentei fugir. Eles acabaram me amarrando na maca. Eu tinha quebrado uma costela, mas, tirando isso, estava bem fisicamente. Não consigo lembrar muito bem do que aconteceu no hospital. Eles me deram sedativos. Quando acordei de manhã, ainda estava amarrada e muito assustada; mas consegui falar e me comportar de um jeito que eles permitiram que eu fosse embora, em vez de me reter. Por favor, não diga nada disso para ninguém. Eles entraram em contato com papai e mamãe – não quero mais chamá-los assim, então digo apenas "pai" e "mãe" – que disseram que não eram mais responsáveis por mim ou por minhas despesas, pois agora eu já tinha dezoito anos. Eles não pediram para falar comigo, o que me deixou feliz porque eu não teria concordado em falar com eles. Mas, nem precisava ter me preocupado com isso.

— Não sei o que aconteceu com Roger. Não o vi de novo depois disso. Ele deixou as minhas coisas na recepção do hospital. Quando tive alta, não tinha vontade de ir para nenhum lugar em especial; assim, sem pensar muito, peguei um ônibus para Nova

York e vivi lá por quase um ano. Não foi uma vida fácil, pelo menos nos primeiros meses. Eu conhecia alguém em um clube e dormia no sofá dessa pessoa por algumas noites; aí, achava outro que me carregava por mais algumas noites. Fui muito sortuda e me contrataram como garçonete no *Gerde's Folk City*, o lugar onde a elite de novos músicos tocava. Se eu quisesse assisti-los, não teria como pagar a entrada; mas como garçonete, era mais legal ainda. Cheguei a ouvir Bob Dylan cantar canções experimentais, músicas que ele ainda não havia gravado; uma ou duas vezes consegui falar um pouquinho com ele, depois dele se apresentar. A atmosfera era elétrica, noite após noite. O dinheiro que eu recebia no *Gerde's* dava para dividir um quarto em um apartamento no East Village com mais um punhado de jovens de minha idade.

Havia tantos ornamentos no relato de Anne que ela mesma tinha dificuldade para recordar as partes anteriores da história que estava contando, de forma a juntá-las com as partes seguintes. Na realidade, após o acidente Anne ficou internada compulsoriamente por três dias. Roger ajudou-a a sair do hospital quando ela foi liberada e ainda cuidou dela por alguns meses após chegarem à Nova York. Anne não sabia por que não conseguia se limitar a falar apenas a verdade para Marta. A versão fabricada parecia simplesmente saltar da sua boca.

Anne continuou:

— Passados nove ou dez meses em Nova York, comecei a ficar exausta com o ritmo das coisas e decidi voltar para a cidade em que tia Ellen e tio Bill vivem. Arrumei um emprego em uma padaria – você não acreditaria nisso, *A melhor padaria do meio oeste* – onde eu já tinha trabalhado depois das aulas e nos fins de semana na época do colegial. Encontrei um estúdio perto da padaria e vivo lá desde abril.

Marta estava sentindo muito desconforto. Ela já ouvira o bastante e cansara de adivinhar quais eram as partes verdadeiras no relato de Anne.

De repente, Anne sentou como se tivesse despertado de um sonho. Anoitecera e a cozinha estava escura. Anne receava ter falado muito mais do que Marta queria ouvir, mas, ao mesmo tempo, ela não se importava – ela tinha de contar a sua história para alguém que a conhecesse do jeito que Marta a conhecia, mesmo contando-a sob a forma de ficção. Suas histórias, particularmente as mais difíceis de acreditar, eram como os sonhos mais estranhos, continham as verdades mais importantes de sua vida. Anne perscrutou a face de Marta. Marta parecia estar olhando nos seus olhos, mas os seus olhares não se cruzavam, já que o foco de Marta parecia estar alguns centímetros além. Mas, ela estava interessada no que Anne estava dizendo, o que raramente acontecia quando conversava com alguém, inclusive com Earl. Até ouvir o solilóquio da irmã, Marta tinha esquecido inteiramente o papel que quando criança Anne desempenhara em sua vida. Marta preferia acreditar que tinha crescido com total independência, e sem nenhum apoio; mas ela tinha se apoiado pesadamente em Anne. Ela se entristecia por ter cortado Anne de sua vida de forma tão radical, dois anos atrás. Ao mesmo tempo, sentiu alívio ao escutar que Anne tinha um emprego e um apartamento e, por conseguinte, não estava pedindo para morar com ela e Earl. A conversa, então, ficou mais leve para ambas.

Falaram sobre o fato de Marta nunca ter pensado em se graduar em biblioteconomia. Ela sempre virara o nariz para as bibliotecárias da escola, que para ela eram solteironas encarquilhadas.

— Eu não procurei livros e bibliotecas, foram eles que me acharam. Aqui na Estadual, no pedaço "trabalho" do "programa de

94 CINCO

estudo-trabalho", fui designada para o reparo de livros da biblioteca; como você pode imaginar, não me entusiasmei logo no começo. Acontece que no sistema da Universidade Estadual, o campus em que estou não é o mais importante, mas possui uma biblioteca, com novecentos mil livros, que é o orgulho de toda a universidade. A biblioteca está abrigada em uma enorme construção com mais colunas gregas que o Parthenon. A construção se esparrama para ambos os lados e para os fundos, pois a construção original foi ampliada para acomodar a coleção de livros raros. O dinheiro para comprar esses livros raros foi doado por um magnata que fez fortuna ao fundar uma rede de abastecimento de frangos, a qual veio a se tornar a maior do país.

— Nos dois primeiros anos, trabalhei apenas no departamento que consertava as encadernações de livros contemporâneos. O trabalho é bastante artesanal. Gostei do jeito meticuloso das mulheres da equipe – os homens não são muito bem-vindos nesse trabalho, o que é bom para mim. As mulheres ali são um pouco como freiras, embora elas não admirem os homens do modo como as freiras admiram os padres. As mulheres na biblioteca consideram que essa área requer um tanto de delicadeza e refinamento que não fazem parte da natureza masculina. Elas são muito bondosas e me incentivam, as primeiras pessoas na minha vida, afora a Srta. Saunders, que se interessaram realmente por mim. Amo as sensações que tenho com as encadernações, o cheiro e textura do papel, os diferentes odores das várias colas sem ácido. Pode parecer estranho, mas eu não estou muito interessada no conteúdo dos livros – as estórias, histórias, teorias. Eu gosto de livros, não por aquilo que eles contêm, mas pela própria coisa física, o objeto que você segura em suas mãos. Acho os livros interessantes como objetos, de um modo que não consigo descrever. No começo do meu terceiro ano, elas me deixaram observar a restauração de livros raros. Foi como ser admitida em uma sala de cirurgia para observar cirurgias de coração a céu aberto. As páginas da maioria dos livros raros são tão velhas que se desintegram se você não as manusear com precisão, ou se a umidade do ar for alta ou baixa demais. Sei que estou entediando você. Você vai para Nova York e eu vou para a biblioteca.

Anne nunca ouvira Marta falar de modo tão caloroso. Ela creditou a mudança à relação com Earl. Sem dúvida, as bibliotecárias foram bondosas, mas no passado Marta teria reagido a essa receptividade com indiferença.

Surpresa com a própria sinceridade, Marta disse:

— O fato de estar vivendo com Earl também é uma surpresa para mim. Ele não é o tipo de cara com que imaginei ficar, se ficasse com alguém. Embora no colegial eu não gostasse dos bonitões e metidos, achava que acabaria ficando com um deles. Não sei por quê. Earl é o primeiro cara com quem namorei mesmo. Ele tentou puxar conversa comigo por muito tempo, e eu sempre o repelia. Gostei do fato de ele não ter desistido, mesmo quando fui muito grossa com ele – fazia de conta que eu não o enxergava ou, pior ainda, até fingia não reconhecê-lo quando cruzávamos na quadra ou em um corredor. Fui horrível com ele. Ele é diferente de qualquer outra pessoa que conheci até hoje. Ele sabe falar com sinceridade – isso é o que mais gosto nele, mesmo que eu não o acompanhe nesse tipo de conversa. Mesmo agora, eu vou levando as coisas com ele muito devagar. Acho que às vezes eu o assusto – sei que o assusto às vezes porque tenho a intenção de fazê-lo. Eu quero que as coisas permaneçam indefinidas entre nós. Estamos vivendo juntos, mas isso não é uma promessa de que eu vá me casar com ele, ou mesmo continuar com ele na próxima semana ou no próximo semestre.

96 CINCO

Anne retribuiu o que Marta fizera e também não a interrompeu ou fez perguntas. Mas pensou muitas coisas enquanto Marta falava. Anne sentiu em Marta laivos de uma suavidade que nunca percebera antes; e os primórdios, apenas os primórdios, de uma força real, em contraste com a dureza que conhecia. Marta ainda morria de medo de falar sobre a vida na casa em que tinham crescido; mas, Marta não ficou tão desesperada como no passado, quando Anne fazia referências à família. Para Anne, o mais importante era ver em Marta resquícios da irmã mais velha que um dia conhecera e que a protegera o melhor que podia, uma irmã mais velha que Anne havia dado como morta e de quem desistira.

A conversa voltou aos cursos que Marta fazia na faculdade.

— Odiei cada dia de escola na oitava série e no colegial, mas eu realmente gosto das aulas que tenho aqui. Não me aborreço e não me sinto estúpida. Para você seria ainda mais empolgante, porque você é muito mais esperta do que eu.

— Não, eu não sou, Anne falou com firmeza e sinceridade.

— Você sempre foi capaz de entender coisas que só me confundiam.

— Como o quê?

— Ah, você sabe. Quando assistíamos programas de detetive ou espionagem na televisão, eu sempre pedia para você me explicar o que estava acontecendo – quem estava do lado de quem, se aquelas eram as mesmas pessoas, em diferentes tempos de suas vidas; às vezes, eu só dizia: "quem são essas pessoas"? Aí você ria e eu ria junto, porque você era três anos mais nova do que eu e você me explicava as coisas.

— Mas você entendeu as coisas importantes.

— Como o quê?

— Coisas importantes como não se deixar enganar quando ele agia "paternalmente"; não acreditar nele quando ele falava para a mamãe que sentia muito e nunca mais ia bater nela; e não acreditar na mamãe quando ela dizia que se ele batesse de novo, ela o abandonaria e nos levaria dali.

Marta e Anne se olharam com medo e cumplicidade, uma forma de comunicação que elas usavam com frequência quando crianças. Anne sutilmente mudou de assunto:

— Eu nunca conseguiria ingressar em um curso universitário, muito menos tão bem quanto você. Para isso, é necessário se concentrar em algo, até que isso se torne claro para você. Nem no colegial tive condições para isso.

— Não concordo. Eu sei como você é inteligente. Quando éramos crianças, sentia orgulho de você, porque era muito mais esperta que as outras crianças, mesmo as da minha idade.

Não lhes passou despercebido que a própria Marta havia resgatado algo da infância, mas as duas não eram tolas e fizeram de conta que não tinham notado.

Earl bateu no batente da porta da cozinha e perguntou se elas queriam jantar fora, no restaurante em que ele e Marta costumavam ir quando não queriam cozinhar. Marta e Anne estranharam: o que um homem estava fazendo parado ali? Mesmo que ele tivesse espionado a conversa inteira, não teria entendido uma palavra do que elas conversaram.

Seis

Sentado na cama, na penumbra, mirando as sombras projetadas na parede oposta, Warren perguntou a Melody:

— O que é um legista?

— Perguntei ao papai e ele disse que é um médico que examina os cadáveres para descobrir as causas da morte. Eles querem saber se alguém matou a nossa mãe.

— Eles já sabem que papai a matou. Ele mesmo contou.

— Mas eles querem descobrir se ele fez isso de propósito.

— Ele tentou impedir que ela me esfaqueasse.

— Warren, o delegado quer que o papai confesse que ele não precisava tê-la matado para nos proteger ou se proteger. Ele poderia tê-la afastado ou apenas contido fisicamente, em vez de ter trombado nela com tanta força que ela saiu voando e quebrou o pescoço.

— Você acha que ele fez isso de propósito?

— Não, não acho! O doutor precisa descobrir se existe chance da morte não ter sido acidental e sim intencional – ele disse que o enterro terá de ser adiado por dois dias.

— Para que ele tenha tempo de examinar o corpo, não é?

— Sim. Não sei o que eles estão pensando. Eles querem que o caso passe de morte acidental para assassinato – para que eles se sintam como os detetives dos filmes.

Warren e Melody ficaram quietos por um tempo, refletindo se o pai tinha ou não tinha assassinado a mãe deles – o fato de Melody ter usado a palavra assassinato assustou a ambos.

— Você vai pensar que sou estúpida, mas tem uma coisa que é séria para mim, por isso não ria de mim. Estou falando sério.

— Não vou rir.

— É costume usar um vestido preto em um enterro, e eu não tenho nenhum. Só tenho um vestido que é muito pequeno para mim e, além disso, é de algodão amarelo claro, todo estampado com pequenos pássaros pretos. Papai não vai entender que preciso de um vestido preto para o funeral. Uma das poucas coisas para que ela prestava, era fazer as roupas parecerem melhores do que eram. Ela teria costurado alguma coisa preta em cima do meu vestido amarelo, ou posto um babado preto, ou algo assim.

Warren pensou ter ouvido Melody chorar e não se virou para conferir, mas perguntou:

— Você não pode por algo preto no vestido, como um babado ou algo assim?

— Não sei costurar muito bem. Ela quis me ensinar, mas fingi que não conseguia aprender. Depois de um tempo, ela desistiu.

Melody estava certa ao pensar que o delegado suspeitava que Earl tivesse matado Marta intencionalmente. No dia seguinte, Randy falou com seu chefe, o Xerife Virgil Ryder:

— Tem alguma coisa que não faz sentido. Earl não quer declarar que a esposa perdeu a cabeça porque o menino chupava o polegar, e por isso tentou esfaqueá-lo na mão. A história da menina é perfeitamente plausível, e Earl nos mostrou onde Marta guardava as luvas e os cordões de couro. Mas, ele se recusa a dizer que dois e dois são quatro. É como se pretendesse ir para o túmulo, ou até para a prisão, com um segredo que não é mais um segredo. Quem ele pensa que está protegendo: a esposa que está morta? Os filhos? E do quê? Ou a ele mesmo? O que ele poderia estar escondendo, a ponto de compensar o risco de ser preso? Mas ainda não temos base suficiente para prendê-lo por qualquer motivo.

Melody decidiu que a única pessoa a quem podia pedir um conselho sobre como reformar o vestido amarelo estampado era a sua professora, a Srta. Wells. Ela não era uma escolha óbvia; pois, pelos padrões de Melody, ela era velha, rechonchuda e malvestida; ela parecia ignorar a existência da categoria "roupas elegantes". Melody começara a reparar no que as pessoas vestiam há mais ou menos dois anos, olhando as revistas que ficavam nas prateleiras da farmácia e da mercearia. Melody ficou muito interessada nas fotografias e histórias das estrelas de cinema, e em seus romances. Essas revistas estavam recheadas de anúncios de lindas mulheres que vestiam roupas inacreditáveis; Melody duvidava que pessoas de verdade usassem mesmo essas roupas em público. Alguns dos vestidos eram tão decotados na frente que mostravam a curvatura interna dos seios; outros vestidos mal cobriam as costas das modelos. Melody ficou excitada, chocada e maravilhada simultaneamente. A distância entre o mundo das revistas e o mundo que Melody habitava era enorme; e de mais alguns anos-luz para qualquer que fosse o "estilo" da Srta. Wells. Apesar disso, Melody tinha certeza que, afora a Srta. Wells, qualquer outra mulher conhecida iria desprezá-la, mandá-la embora e cochichar para todo mundo que ela ficara descaradamente fútil.

Se a avó estivesse viva, Melody teria ligado para ela. Ela passou a maior parte da noite pensando em como abordar Srta. Wells. Na manhã seguinte, depois de terminar as tarefas, equilibrou uma caixa de sapatos no guidão de sua bicicleta. Chegou ao prédio da escola em torno das dez horas e se espantou ao ver o estacionamento quase lotado de carros e peruas, pois as aulas só começariam dali a mais ou menos uma semana. Antes de entrar, Melody encostou cuidadosamente a bicicleta com a caixa de sapato sob um emaranhado de galhos baixos de um velho pinheiro.

O prédio da escola era térreo e de tijolos; fora construído recentemente, em estilo moderno e forma de L. O balcão da secretária, Laurel Marshall, ficava de frente para uma janela com um painel de vidro deslizante que separava o escritório do corredor de entrada da escola. A Srta. Marshall ouvira dizer que a Sra. Bromfman morrera em circunstâncias terríveis, envolvendo um esfaqueamento e uma briga brutal entre Marta e Earl, que tinham estaturas muito desproporcionais; a briga terminara na morte de Marta com o pescoço quebrado. Para tornar o assunto ainda mais trágico, Melody e Warren estavam a poucos centímetros da mãe quando ela tinha morrido. Quando a Srta. Marshall viu Melody passar pela porta da frente, bateu forte no vidro de correr que as separava; e quando conseguiu chamar a atenção da menina, acenou para ela entrar no escritório e falar com ela.

Melody ficou chateada de ter sido vista pela Srta. Marshall. Ela não queria falar de nenhum assunto com ela, muito menos da morte da mãe. Melody entrou no escritório e tomou a iniciativa de avisar que tinha vindo falar com a Srta. Wells; achava que ela já tinha chegado.

A Srta. Marshall disse:

— Não a vi hoje, querida, mas ela veio todos os dias nesta semana para preparar as aulas para o próximo semestre.

Antes que Srta. Marshall pudesse prosseguir, Melody disse:

— Quem sabe ela entrou enquanto você estava ocupada com alguma coisa; posso ir até a sala dela, para ver se ela está lá?

Então Melody desembestou pelo corredor, cujo teto tinha várias claraboias arredondadas, de material plástico. Ela foi rapidamente para a sala da Srta. Wells, que ainda estava vazia. Melody olhou em volta por alguns minutos antes de, relutantemente, voltar à mesa da Srta. Marshall.

—Você tinha razão. Ela não está lá na sala ou em nenhum outro lugar do prédio.

Com um sorriso compreensivo, a Srta. Marshall disse:

104   SEIS

— Liguei para a casa de Srta. Wells; ela disse que chegará aqui em torno de uma hora. Espero que você não se incomode de eu tê-la avisado que você estava aqui para falar com ela.

Melody disse com sinceridade:

— Muito obrigada. Você foi muito gentil.

— Você pode esperar aqui comigo até ela chegar, a menos que você prefira ficar lá fora.

— Acho que vou dar uma volta de bicicleta, mas obrigada pelo seu oferecimento.

Quando o carro da Srta. Wells entrou no estacionamento da escola, Melody pegou a caixa de sapato, saiu do canto escuro e perfumado sob o pinheiro onde se acomodara e correu ao encontro da professora.

Já na sala da Srta. Wells, Melody abriu a caixa de sapato e retirou com ambas as mãos o tecido dobrado; o vestido amarelo e fino se desdobrou perante elas. A Srta. Wells pegou o vestido e o estendeu sobre a sua mesa. Melody explicou:

— Acho que você já sabe que a minha mãe morreu na última terça-feira; o enterro será no sábado ou domingo. Só tenho esse vestido para usar e acho que não é escuro o suficiente para um funeral; além disso, precisa de reformas porque está muito pequeno para mim.

Melody falou para a Srta. Wells que pensara em costurar um babado negro no vestido.

A Srta. Wells disse a Melody que antigamente o vestido devia ter ficado muito bonito nela, mas que, infelizmente ela tinha crescido, e o vestido não. Perguntou se Melody tinha tempo para ir a uma cidade vizinha, até uma loja de roupas onde encontrariam algo que ela pudesse vestir no funeral. Melody sussurrou que só tinha alguns dólares de economia. A Srta. Wells, agindo como se não tivesse escutado nada, levou Melody para o estacionamento. Após mais ou menos quarenta e cinco minutos de viagem, chegaram à loja de roupas. A Srta. Wells ligou o rádio em uma estação de música popular porque imaginou que Melody não saberia o que falar durante o trajeto.

Melody nunca estivera em uma loja assim, diferente de qualquer outra que conhecia. Sobre as mesas, ficavam as malhas para o outono; em algumas araras estavam pendurados os vestidos de verão em liquidação; em outras, os vestidos da nova estação. As vitrines de vidro espelhado exibiam uma grande quantidade de brincos e pulseiras cintilantes, feitos de ouro e prata; outros brincos, feitos com conchinhas do mar, pendiam de finos suportes de prata. Melody desviou os olhos desses baús de tesouro.

A Srta. Wells levou Melody para a parte dos fundos da loja, onde havia um espelho com três painéis, dispostos de tal forma a possibilitar que a pessoa se visse de três ângulos diferentes. A vendedora as acompanhou em silêncio e discretamente.

A Srta. Wells disse à vendedora:

— Essa é Melody. Esta semana aconteceu algo muito triste com ela. A mãe dela morreu e temos de achar um vestido apropriado para ela vestir no funeral.

106 SEIS

A vendedora respondeu:

— Melody, lamento saber que sua mãe morreu. É muito duro passar por isso. Perdi minha mãe há alguns anos e mesmo sendo adulta me senti como uma criança pequena; ainda hoje sinto isso de várias maneiras. Não consigo imaginar como é perder a mãe na sua idade.

Melody sabia que o impacto trazido pela morte da sua mãe era totalmente diferente do que a vendedora imaginara; mesmo assim, gostou do modo respeitoso como a vendedora tinha falado com ela, sem tratá-la como se fosse uma menininha.

— Eu sugiro um vestido liso, de cor escura, talvez azul ou verde escuro ou mesmo preto, embora essa seja uma cor muito séria para uma jovem bonita como você. Vamos ver o que temos no seu tamanho. Como ainda é verão, só temos tecidos leves, provavelmente de algodão ou seda, e quase todos os vestidos de verão são claros e estampados. Mas o lado bom da moeda é que, provavelmente, os vestidos lisos e escuros ainda não foram vendidos. Primeiro, vou separar os do seu tamanho para você escolher.

Depois de mais de uma hora experimentando vestidos, Melody, a Srta. Wells e a vendedora chegaram a um consenso sobre um vestido de algodão azul escuro com uma delicada estampa cashmere em preto. Era um vestido para ser usado à noite, mas o modelo com decote alto, mangas curtas e linhas soltas e fluidas condizia com um funeral. Melody ficou pasma e extremamente satisfeita ao se olhar no espelho. Srta. Wells insistiu para Melody comprar sapatos baixos de cetim negro para usar com o vestido. No carro, voltando à escola, Melody chorou comovida pela extraordinária bondade com que a Srta. Wells a tratara. Nessa noite, como fazia amiúde, Earl sentou-se na poltrona que ficava no canto do salão e ficou escutando as crianças, já deitadas, conversarem no quarto. O som de suas vozes passava para o andar de baixo, mas não dava para entender o que falavam – o tom da conversa variava, ora apaixonado, ora sincero, ora tolo, ora terrivelmente sério. Ele ficou feliz por não conseguir distinguir as palavras – ele podia saborear a música calmante das suas vozes sem medo de estar bisbilhotando.

Finalmente, quando elas adormeceram, Earl continuou na poltrona, pensando e ouvindo rádio, envolto pela luz suave da lâmpada que ficava na mesinha próxima.

Depois que as crianças adormeceram, ainda sentado ali, Earl pensou que o primeiro encontro que tivera com Anne naquele fim de semana, muitos anos atrás, marcara o início de uma cadeia de eventos que determinariam o restante da sua vida e das vidas de Marta e Anne.

Earl ficou impressionado quando se deu conta de como eles eram jovens na ocasião em que aqueles acontecimentos começaram a se desenrolar – Anne tinha dezoito, ele vinte e Marta tinha acabado de fazer vinte e um anos. Naquela época, eles não se consideravam jovens, como sempre ocorre com gente jovem, ele pensou. Agora, Earl tinha trinta e seis anos e não se achava jovem. Ele se sentia bastante velho e cansado.

Após o jantar, naquele dia em que Anne chegou inesperadamente, os três voltaram para o apartamento que ficava no ático e Marta convidou a irmã a permanecer com eles pelo restante do fim de semana. Anne protestou, dizendo que não queria ser intrusiva e impor sua presença, mas Marta insistiu. Na tarde de domingo, Anne pegou o ônibus e voltou ao seu apartamento; Marta e Earl, cada um a seu jeito, sentiram a sua ausência. Até a visita de Anne,

108   SEIS

Marta não se apercebera que ela era a única amiga que tivera, e que tinha estado extremamente só nos dois anos em que ficaram sem se falar, e também no ano anterior, quando saíra da casa dos pais para viver com Srta. Saunders. Permanentemente assustadas, no tempo em que viveram juntas na casa dos pais, elas se consideravam mais aliadas – colaboradoras clandestinas – do que amigas ou mesmo irmãs, ao menos essa era a visão de Marta em retrospecto. Mas cada vez mais ela duvidava do próprio julgamento, quando este se referia a qualquer coisa relacionada a sentimentos; pois sabia o quanto lhe era fácil desprezar as pessoas que pareciam inventar histórias românticas sobre as próprias vidas, e sobre a vida das pessoas que lhes eram ligadas. Sentia repulsa por essas ficções. Durante a primeira visita de Anne, e depois, Marta sentiu-se mais distante de Earl. Ela passou a ficar incomodada pelo espaço que ele ocupava, porque ele respirava, pelo jeito que ele segurava o garfo e pelo modo que mastigava a comida. Ela sempre o apreciara por achá-lo diferente dos outros homens. Ele não era um desses imbecis que ficavam bebendo cerveja, falando alto e dando tapas nas costas dos outros, opinião que ela tinha sobre quase todos os outros estudantes do sexo masculino na universidade, e sobre muitas das aptidões masculinas. Mas, agora, Earl estava começando a incomodá-la por não ser totalmente isento dessas qualidades. O próprio fato de ele ser alto, musculoso e jogar futebol americano a irritavam agora.

Para Earl, os efeitos duradouros das primeiras conversas com Anne, ainda do lado de fora do apartamento, foram zumbidos e alvoroço; tinham a mesma intensidade latejante do rebuliço de um ninho de vespas que ele e os amiguinhos de infância tinham cutucado com varas. Ele nunca experimentara nenhum sentimento remotamente parecido com esse. Depois das primeiras poucas palavras que trocaram, o pensamento que lhe passou pela cabeça foi o de que as pessoas não escolhiam por quem se apaixonar. Por que nunca ninguém tinha lhe avisado que o acontecimento mais importante da vida é algo que ocorre sem que você possa fazer nada? O sentimento de estar apaixonado parecia ganhar força a cada momento; tinha a sensação de estar pisando fundo no acelerador do carro, sem conseguir tirar o pé. Considerava ter se apaixonado pela irmã de Marta como uma espécie de piada cruel do destino.

Naquele dia, e nos dias que se seguiram, ele jurou a si mesmo repetidas vezes que manteria distância de Anne – tanto em sentido literal como em sentido figurado – porque as consequências dessa paixão seriam fatalmente desastrosas para ele e para Marta. Mas ele só conseguia manter essa promessa por alguns segundos, e então era varrido por uma nova onda de excitação. Ele achou que Anne era muito mais bonita que Marta, não apenas pelos atributos físicos, mas também pelo brilho que vira em seus olhos. E não era só isso; tudo nela era *sexy* – o modo como ela o olhava com seus olhos verdes salpicados de dourado, a maciez de seus lábios, o som da sua voz, que o fazia sentir como se ela lhe apertasse o braço a cada palavra que falava; o modo como ela mexia o corpo inteiro enquanto conversava, intercalando observações bem-humoradas e debochadas sobre si mesma; assim, a sensualidade ficava em segundo plano, ainda mais excitante. Marta era muito bonita, mas não era *sexy*. Quando estava com Anne, Earl tinha de se conter para não olhar embasbacado para ela, como quem não acredita que uma criatura tão bela pudesse estar ali, falando com ele.

A dor quase insuportável da atração que sentia por Anne era intensificada pelas torturantes dúvidas a respeito de si mesmo. Será que estava bancando o tolo, babando por ela como um menino bobinho que olha sonhadoramente para a professora? Será que ela sequer o tinha notado? Será que na história real, a história das irmãs que se reencontravam depois de uma longa desavença, ele era apenas o porteiro, um personagem secundário e irrelevante? Como ele podia ser tão burro a ponto de acreditar que ela se apaixonara por ele? Mas ele não só esperava que fosse assim, ele não conseguia parar de acreditar nisso – baseado em quê? Baseado em nada. Ela flerta e faz assim com todo cara que encontra. Ela sabe que é irresistivelmente *sexy* e usa isso para deixar os caras loucos por ela; então ela segue a vida e deixa os pobres palermas morrerem com o coração partido. Mas essa não era a garota com quem tinha falado. Ela não era uma mulher empedernida e cheia de si que ficava mexendo com os homens. Muito pelo contrário. Ela parecia mais com uma pedinte, parada no corredor e pedindo para entrar em um lugar onde receava não ser bem-vinda. Earl estava maravilhado pela combinação dessas qualidades. Ele ficara surpreso quando Marta, uma moça tão bonita, lhe dera atenção, o que obviamente não durou muito. Mas aquilo tinha sido diferente. No começo, ele não ligava muito para Marta como pessoa. Ele queria uma moça bonita com quem ficar. Ele não se apaixonara por ela. Gradativamente, passou a gostar mais dela e do tempo que passava com ela; mas sempre ficava com medo da ira de Marta, que podia ser desencadeada subitamente com a força de colisão de placas tectônicas. Foram ficando juntos e Earl foi se tornando muito protetor para com ela, pois percebera o quão frágil Marta era. Antes de encontrar Anne, ele sentia estar protegendo Marta dela mesma – de seu ódio a si mesma – mas agora ele sentia que estava protegendo Marta da deslealdade dele. Depois da primeira visita de Anne, Marta passou a ver Earl como um estorvo e vice-versa, mas nem um nem outro queria fazer nada que pudesse afetar o *status quo* que haviam estabelecido.

Marta convidou Anne para passar o fim de semana seguinte com eles, mas naquele sábado Anne teria que trabalhar na padaria, então só conseguiria vir no outro.

Marta e Earl aguardaram ansiosos pela próxima visita de Anne, mas os dois temiam que o encantamento que Anne trouxera fosse quebrado. Em sua segunda visita, Anne foi recebida com uma tensão sentida pelos três. Foi muito difícil achar o tom correto de voz, as palavras certas, o comportamento físico correto para esse segundo encontro: "Que bom ver você", "Como tem passado"? Um abraço, um afago no braço, um oferecimento para levar a mochila – nada parecia estar bom para nenhum dos três. Earl se esforçou para não parecer um cachorrinho aguardando ansiosamente as crianças chegarem da escola. Marta tentou parecer à vontade, um estado que lhe era completamente estranho. E Anne fez o que pode para esconder o medo que sentia de Marta, que ela a visse como um constante lembrete da infância e a banisse novamente. Por volta da hora do jantar eles conseguiram fingir que estavam aproveitando a companhia uns dos outros. Tanto Earl como Marta queriam ter Anne com exclusividade; mas, ao mesmo tempo, sentiram alívio pelo fato do outro estar lá, evitando que a noite fosse um completo fiasco. Ao término desse fim de semana, todos estavam cansados e desapontados. Anne ficou abalada pela tensão da visita e também pela necessidade imperiosa de consertar as coisas. Os doze dias que separaram esta visita da seguinte lhe pareceram meses. Ela passou e repassou mentalmente cada uma das conversas que tivera com Marta, reinterpretando tudo que havia dito. Receava ter dado a impressão de ser uma irmã mais nova desprezível que, caso houvesse oportunidade, viveria de forma parasitária na família que Marta e Earl tinham construído.

O que ela dissera a Marta sobre a temporada em Nova York era verdade até certo ponto; mas tinha cortado da sua versão o fato de

112 SEIS

ter revirado as lixeiras para pegar comida. Ela e Roger não eram artistas que estavam tentando chamar a atenção do mundo para o seu trabalho – eles eram fãs e aproveitadores. Havia apenas uma linha tênue que os separava dos párias e prostitutas que viviam nas ruas e nos prédios da Avenida C.

Roger não tinha "amigos", mas apenas uma lista de nomes fornecidos por conhecidos de pessoas que ele encontrara nos bares. Ela e Roger dormiam no chão de apartamentos escabrosos. Com frequência, os "anfitriões" esperavam sexo como retribuição, fornecida por ela. Em todos os lugares havia drogas e Anne, desesperada para ser aceita, fumou um monte de maconha e experimentou Quaalude e cocaína.

O "cenário musical" em Nova York, tal como Anne o experimentou, era um jogo muito arriscado; para você ficar conhecido tinha de se ligar aos músicos bem mais conhecidos e então fazer uma autopromoção, se engrandecendo interminavelmente e mencionando o nome de todas as pessoas para quem você tivesse tocado como apoio.

Ela não tinha sido garçonete no *Gerde's Folk City*, como havia dito a Marta – o clube não tinha garçons e garçonetes, apenas um bar-balcão. Ela não chegara nem mesmo a fazer parte da equipe de limpeza do lugar. Quase todos os trabalhos que conseguia eram trabalhos temporários como arquivista ou datilografa em pequenos e grandes estabelecimentos em Manhattan. Ela não tinha as roupas, acessórios, maquiagem ou o cabelo bem cortado, limpo e brilhante que se esperava. Os empregos não duravam muito e com muita frequência ela era tratada como se exalasse um cheiro ruim. Uma vez, no primeiro dia em que apareceu para trabalhar em um escritório, a gerente deu uma olhada nela, pagou o seu dia de trabalho e a dispensou.

Anne participou de mil formas de degradação; mas sabia que nada disso lhe estava sendo imposto – ninguém pedira para ela viver a vida que estava levando em Nova York e, com certeza, ninguém a estava retendo lá. Ela tinha de lembrar a si mesma que amava de verdade a música que ouvira durante o ano em que passou lá. Estaria mentindo para si mesma a respeito das partes redentoras daquele ano? Não totalmente, ela esperava. Com o dinheiro que ganhou em empregos temporários, e com os homens com quem saiu, Anne conseguiu frequentar clubes e cafés para ouvir a música que estava se tornando parte dela. Com a pequena quantia que ela conseguiu poupar, comprou álbuns e compactos, a maior parte deles de segunda mão ou pirateados; mandava os discos para que os tios guardassem para ela. Essa parte era verdade, disse para si mesma. Anne bateu à porta do apartamento no ático em uma sexta-feira à tarde, duas semanas após a segunda e desapontadora visita. Earl abriu a porta, Marta não estava. Anne acompanhou Earl até a sala, mal dizendo uma palavra. Ela estava carregada, levando com a mão direita o que parecia ser um estojo de máquina de escrever, bege e duro, e com a mão esquerda uma sacola abarrotada de objetos pontiagudos que quase furavam o plástico em vários lugares. Assim que entrou na sala, Anne pôs-se a trabalhar, muda; e, como um cirurgião, foi dispondo os instrumentos sobre a mesa retangular encostada na parede entre as duas janelas. Da entrada da sala, Earl observou-a em silêncio. A caixa dura era um toca-discos com auto-falantes embutidos nos dois lados do estojo. Anne desenrolou o fio marrom e o ligou na tomada que ficava sob a mesa, no rodapé da parede. Cuidadosamente, retirou da sacola, um a um, oito ou dez álbuns de discos de 33-RPM bem usados e um monte de compactos de 45-RPM que estavam dentro de envelopes de papel branco; organizou-os em duas pilhas caprichadas em cima da mesa, à esquerda do toca-discos. Folheou delicadamente os álbuns com as duas mãos, até encontrar aquele que estava procurando, e

114   SEIS

o colocou no topo da pilha. Anne puxou uma cadeira de madeira com encosto reto e assento almofadado para perto da vitrola. Ela indicou a outra cadeira para que Earl colocasse em frente. Apontou para a pilha de discos e falou:

— Earl, isso é o Santo Graal da música contemporânea, música que você provavelmente nunca ouviu; acho que você não vai gostar da maioria delas. De fato, eu imagino que você não vai gostar de nenhuma delas de imediato, porque vão lhe soar estranhas e diferentes do que você estava esperando. Você pode ter de ouvi-las cinco ou até dez vezes antes de ser capaz de perceber que nelas existe algo que é novo, não familiar e, de certo modo, poderoso, violento até. Não sei se Marta lhe disse que passei um ano em Nova York; nos primeiros meses, estive meio fora de mim e, no resto do tempo, totalmente fora de mim. O cara com quem eu estava não valia nada, em uma série de aspectos. Ele tinha os nomes de algumas pessoas nas avenidas da Alphabet City, no East Village,[1] que são partes muito degradadas da cidade. Não raro, pegávamos comida nas lixeiras e dormíamos no chão de edifícios em construção. Não se iluda pensando que essas coisas eram glamorosas, porque não eram. É horrível a gente se sentir como morador de rua.

Earl sorriu por dentro ao ouvir isso, porque quando Anne entrara no apartamento carregando seus pertences ela parecia uma mendiga, mesmo sendo tão *sexy*. Anne continuou a matraquear com seu jeito de sargento de mentirinha.

---

1   Alphabet City é um quadrilátero situado na parte baixa do East Village em Nova York cujas avenidas são nomeadas por letras em vez de números, como no resto de Manhattan. O ano em que Anne viveu em Nova York, de acordo com as indicações da narrativa, é 1963, quando estas partes da cidade eram muito deterioradas. [N.T.]

— Aquele modo de vida – sobreviver, mais do que viver – foi compensado em parte pelo fato de que o cara que estava comigo conhecia mesmo música e sabia onde encontrar os bons músicos; alguns deles, grandes músicos. Levei tempo para conseguir escutar o que ele escutava. Um dia, quando estávamos em um clube, ele se aproximou de mim e disse: "ouça o jeito como ele faz aquele saxofone cantar, como se fosse um velho de garganta arranhada"; e outra vez disse: "ouça o jeito que ele faz o trompete soar, como se fosse uma mulher gritando na noite deserta. Não existe ninguém que consegue fazer aquilo com um trompete".

Anne tomou fôlego e perguntou:

— Você costuma ouvir música, Earl?

— Sim, no rádio. Não compro discos.

— De quem e do quê você gosta?

— Algumas canções de que gosto talvez não sejam interessantes, mas mesmo assim eu gosto. Gosto de Johnny Cash, Jimmy Dean, Patsy Cline. Pega mal gostar deles?

— Não, não pega mal gostar deles; mas, com exceção de Patsy Cline, esses cantores possivelmente agradariam também à geração dos seus pais; você não ouviu a música que a nossa geração está fazendo. É impossível que os seus pais gostem dessa música, e é impossível que gostemos da maior parte da música deles – de fato, odeio a música deles – Duke Ellington me mata de tédio, e a voz melosa de Frank Sinatra me dá arrepios. Minha mãe nos proibia de falar uma palavra quando Perry Como cantava no rádio. Johnny Cash é O.K., mas ele não está reinventando música, ele está reutilizando as coisas velhas. Nossa música não foi feita para nossos pais, e ninguém da geração deles poderia tê-la feito. A próxima geração não vai gostar da nossa música do jeito que a gente gosta, e nós não vamos gostar da deles – nós não vamos realmente ser capazes de entendê-la.

— Você pensa que é muito tarde para mim?

— Vamos ver. Não vou iniciar você nesta música do jeito fácil, por exemplo, tocando alguém como Joan Baez, que canta bonitas canções populares que os nossos pais não se importariam de ouvir, embora eles não escutassem nelas aquilo que conseguimos escutar. Vou dar um grande salto aqui, então se você não gostar, não precisa se preocupar.

Anne pegou um disco que já tirara da capa e continuou:

— A voz não é bonita, e não está tentando ser. A música que vou tocar chama *Don't Think Twice, It's All Right*.[2]

Ela gentilmente colocou a agulha sobre uma das faixas internas. O som dos autofalantes da vitrola portátil era fino e quebradiço. Essa canção abalou Earl. Anne estava certa, ele nunca tinha ouvido nada remotamente parecido com aquilo. No começo, ele odiou; mas no final, ele já não sabia o que pensar. Então disse:

— Toque de novo.

Eles ouviram e gargalharam muito depois do verso em que Dylan usou a palavra "*knowed*" para rimar com "*road*".[3] A canção falava sobre o fim da relação com uma menina, sem uma única

---

2   "Não pense duas vezes, está tudo bem". [N.T.]
3   Dylan conjuga o verbo saber de forma errada, *knowed* em vez de *knew*, para rimar com a palavra *road*, estrada. [N.T.]

menção a respeito de ficar com o coração partido, que parecia ser o único assunto da música country. Earl gostou da letra. O cantor mostrava-se descaradamente amargo pela forma como tinha sido tratado, mas sem autocompaixão – o que daria crédito demais para a menina com quem estava rompendo. Ele era irônico, e o ritmo pesado fazia a ironia ficar genuinamente engraçada, um autodeboche.

A música era boa, muito boa. Earl pediu para ouvir uma terceira vez. Quando a música terminou, Anne gentilmente colocou o braço da vitrola em seu apoio. Earl ficou sem fala por meio minuto. Então ele falou:

— Você vai pensar que o que vou falar é só lhe agradar, mas não é. Amei essa música.

— Eu também gostei. Escutei Dylan cantando-a pela primeira vez no *Gerde's Folk City,* um clube em Greenwich Village. Eu trabalhava lá como garçonete e limpava o lugar depois dos shows, assim eu podia ouvir a música. Dylan era exatamente assim, como está na capa do álbum. Diferente de um monte de outros cantores, ele permaneceu fiel a si mesmo. Quando terminava de cantar, sumia pelos fundos do clube, sem falar nada com ninguém.

Anne não tinha trabalhado no *Gerde's,* mas estivera lá algumas vezes e tinha, de fato, ouvido Dylan cantar aquela música.

Anne falou sobre música *crossover, gospel, rhythm & blues, soul* e falou os nomes de uma porção de cantores negros.

De todos esses cantores, Earl só ouvira falar em Louis Armstrong. A mente de Earl divagou. Alguns de seus colegas no time de futebol americano da universidade eram negros, mas eles tendiam a ficar em um grupo separado dos outros. Earl era tímido

118 SEIS

ou assustado demais para se aproximar deles, e imaginou que eles possivelmente também se sentiam assim em relação a ele e aos outros rapazes brancos do time. Earl tinha oito ou nove anos de idade quando viu pela primeira vez um homem negro na televisão. Ele ficou assustado, pensando que algo tinha acontecido com a pele do homem. Correu para contar para sua mãe o que vira. Quando repassou esse evento, sentiu orgulho da explicação que a mãe lhe dera: que o homem que vira na televisão era um homem negro, e os negros eram gente como ela, Earl e qualquer outra pessoa. Ela disse que em algumas partes do país os negros tinham sido escravos; e que mesmo agora – essa conversa devia ter acontecido por volta de 1950, segundo os cálculos de Earl, em algumas partes do país não era permitido aos negros comerem no mesmo lugar que os brancos; e eles tinham de sentar na parte de trás dos cinemas e ônibus. Ela disse que tinha vontade de falar para as pessoas que agiam assim com as outras pessoas: "Que vergonha! Que vergonha"!

O modo como Anne levantou a agulha da vitrola quando o compacto de Wilson Pickett terminou de tocar fez Earl estremecer. Ela disse:

— Agora, você vai experimentar um pouco de jazz. O mundo do jazz é um mundo totalmente diferente.

Anne podia sentir a sua mente acelerando. Momentos antes, era como se estivesse dando um presente pessoal para Earl; agora, ela sentia cada vez mais estar fazendo performance que não conseguia interromper. Ela não gostou da sensação, mas estava em seu poder. Earl sentiu essa mudança operando em Anne e sugeriu que fizessem uma pausa. Anne ignorou o que Earl disse enquanto folheava agilmente a pilha de álbuns até achar o *Kind of Blue*. Ela explicou:

— Quando fizeram essa gravação, Miles Davis, o líder trompetista, não disse aos outros músicos do grupo o que eles iam tocar. Ele já tinha algumas ideias vagas de como continuar. Então ele começou a tocar, e os outros músicos imediatamente captaram o que ele estava fazendo e entraram. Cada um esperou o momento certo para tomar a liderança, enquanto os outros instrumentos conversavam com o solista ao fundo. O que você vai ouvir nesse disco é a primeira execução de cada uma das faixas. Mesmo se quisessem, não conseguiriam repeti-lo. Jazz é isso. É uma improvisação de um tipo especial – é a música pura compondo a si mesma enquanto ocorre. Existem clubes de jazz no Harlem que raramente são frequentados por gente branca. E alguns teatros também. Fui com alguns amigos negros no Teatro Apollo para ver James Brown. Eu era a única pessoa branca ali. O *Savoy Ball Room*, no fim do Harlem, era um lugar único. Tinha capacidade de abrigar cinco mil pessoas. Eu vi Junior Walker e os All-Stars fazendo *"Shotgun"* e algumas outras peças de que não consigo lembrar. A multidão era muito dura nas apresentações e se eles não estivessem à altura, vaiavam e punham todo mundo para fora do palco depois de trinta segundos.

Na verdade, ela nunca fora ao Apollo ou a qualquer outro teatro ou clube de jazz do Harlem, mas naquele estado de mente ela sentia que havia frequentado aqueles lugares. Anne posicionou a agulha na faixa mais radical em termos de *groove*[4] do *Kind of Blue*, sentou na cadeira, olhos fechados e braços largados ao longo do corpo. Earl também fechou os olhos. Na sala, a tensão se esvaiu enquanto eles ouviam as músicas em silêncio, e por um longo tempo, meia hora, talvez mais. O encanto foi quebrado quando a porta da frente bateu e, em seguida, ouviram sons de passos no corredor.

---

4   Combinação rítmica, por exemplo, entre bateria e contrabaixo. [N.T.]

Marta olhou a sala de estar e viu que ela se transformara. A música que ouviu era aquela coisa mais culta, que você tinha de gostar, mas não gostava de fato. Ela e Earl nunca tinham tido uma vitrola. Earl ouvia música no rádio, Marta não. Havia álbuns espalhados por todo o lugar, alguns empilhados junto ao toca-discos, outros esparramados no chão, entre Earl e Anne. Eles bem que podiam ter posto uma placa dizendo, "ACESSO RESTRITO. SOMENTE MEMBROS". Ela permaneceu ali, silenciosamente, a face inundada de dor. Ela havia sido pega desprevenida, uma situação que passara a maior parte da vida tentando evitar.

Anne, sem qualquer traço de constrangimento, disse calmamente:

— Marta, trouxe alguns discos de Nova York, coisas que não se ouve nas estações de rádio por aqui, e toquei para Earl. Na última vez que estive aqui, fiquei pensando que já tinha contado tudo o que tinha para contar e não tinha mais nada a dizer. Eu estava com medo de amolar vocês, então eu trouxe algo que valesse pela minha estadia. O que eu aprendi sobre música em Nova York é a única coisa interessante que possuo, por isso trouxe um pouco dela para vocês.

Marta, olhando para Anne, disse:

— Você é boa em manipular a verdade – você sabe disso e eu também. Você pensa que eu sou palerma?

— Marta, por favor, acredite, eu não quero lhe excluir ou roubar Earl de você. Eu me arrisquei muito vindo aqui sem avisar, algumas semanas atrás. Você poderia ter me humilhado e me mandado embora, para eu nunca mais aborrecer você de novo. Você é a única razão de eu estar aqui. Espero que você saiba que isso é verdade. Você pode não acreditar, mas eu queria tanto tocar essas músicas para você, que não pude esperar até você voltar para casa. Devia ter te esperado.

Marta acreditou em Anne, mas apesar disso respondeu venenosamente:

— Você fala demais. Você não consegue parar de falar, não é?

Assim que disse essas palavras Marta receou ter destruído justamente aquilo que queria muito preservar. Ela sabia que Earl tinha uma capacidade quase infinita para tolerar a sua amargura, mas não sabia o quanto Anne poderia suportá-la. Anne falou:

— Sei que esta cena pode lhe dar a impressão de que eu fiz uma espécie de serenata para cortejar Earl. Se eu tivesse entrado aqui e visto isso, teria pensado a mesma coisa. Mas não estou procurando um namorado, eu estou tentando encontrar aquilo que eu e você tivemos antes. Trouxe a minha música hoje porque pensei que isso me permitiria ser uma pessoa real e viva aqui, e não um fantasma de um passado que você gostaria de esquecer. Como você fala com um fantasma? Você não fala. Você apenas tenta se livrar dele e retornar ao presente, à vida real.

Marta ficou quieta por alguns instantes. Earl ficou absolutamente imóvel, tentando desaparecer. Anne, aguardando que Marta desse o veredito, sentiu que havia sido sincera, o que tinha dito era verdade – ela esperava que fosse verdade.

Finalmente, Marta disse:

— Eu acredito em você, mas espero não estar cometendo um erro.

Anne, nervosa, falou:

122   SEIS

— De fato, falo demais quando sinto medo. Não sei o que vai sair da minha boca. Sinto muito que, dessa vez, você tenha de pagar o preço. Não farei um escarcéu se você disser para eu sair e não voltar mais.

Naquela noite, ninguém dormiu bem. De manhã, ficou claro pela conduta de Marta, sem que ela tivesse dito nada, que ela voltara atrás e desistira da explosão de indignação virtuosa que teria acabado com a tentativa de Anne de reparar as coisas entre elas.

— Depois do que aconteceu ontem, não sei se vamos ter oportunidade, mas eu adoraria ouvir com você a música que ouvi em Nova York. Significa muito para mim.

Marta concordou secamente com um "tudo bem".

Quando as duas entraram na sala, ouviram Earl saindo do apartamento. Anne falou de um modo muito diferente do que tinha falado com Earl. Ela sabia que Marta temia não entender a música, achando que tinha ficado tão apartada do mundo e de si mesma que não seria capaz de compreender a música que ia ouvir; então, Marta acharia que era estúpida, como ocorria com frequência. Anne também receava que as coisas degringolassem. Ela não queria tocar as músicas para Marta do modo que tocou para Earl. Ela se contraiu quando lembrou o jeito como personificara para Earl o papel da professora durona, sabichona e exigente, mas que no fundo, tinha bom coração e queria apenas o melhor para seus alunos. Ela tinha entrado cada vez mais no papel e perdido o controle; agora, estava profundamente envergonhada por isso.

Com paciência e ternura, Anne contou a Marta a história dos cantores cuja música ia tocar; e contou o que tinha de novo nessas canções e o que ela gostava especialmente em cada uma delas.

Ela não teve vontade de despejar uma porção de nomes e nem de se retratar como alguém diferente de quem tinha sido em Nova York: uma garota sem rumo, recém-saída do colegial, que começara a gostar da música tocada por pessoas que ela não conhecia e que não tinham função para ela. O primeiro álbum que Anne tirou da sacola de plástico foi *Lady Sings the Blues*, de Billie Holiday. Anne disse:

— Vou começar com a canção de uma cantora cuja música me ajudou a sobreviver esse ano em Nova York. Ela morreu quatro anos antes de eu chegar lá. Seu nome é Billie Holiday. Quando ouvia suas canções, eu me sentia menos sozinha.

— Do que ela morreu?

— Ela morreu de alcoolismo, aos quarenta e quatro anos de idade. Pela voz, você vai perceber que ela teve uma vida muito triste, mas quando ela canta a sua tristeza isso me conforta. Não sei por que, mas acontece. Foi um ano terrível para mim, o auge de muitos anos terríveis. Não tenho que explicar isso para você. Vou ficar quieta e deixar você ouvir a canção, *Willow Weep for Me*.

Anne ficou surpresa ao ver as lágrimas correndo na face de Marta enquanto ela ouvia a música. Anne nunca tinha visto Marta chorar antes. Elas então escutaram um compacto de Nina Simone, *I Love You Porgy*.

Anne não tocou nenhuma música de Dylan, pois pensou que aquele sarcasmo masculino não ia combinar com Marta. Anne também não tocou nada de Miles Davis, cuja música seria abstrata demais para Marta. Marta pediu para Anne tocar mais faixas de *Lady Sings the Blues*.

Marta ficou imóvel e silenciosa durante o tempo em que ouviram todas as faixas dos dois lados do álbum. Marta nunca tinha ouvido nenhum dos cantores que Anne tocou ou nada parecido com o som daquelas canções que estavam sendo cantadas, mas para surpresa dela, isso não a fez se sentir estúpida e atrasada. Isso a fez sentir-se plena.

Sete

Randy perguntou a Earl se ele gostaria de avisar os pais de Marta que ela havia falecido; também conversaria com eles, para completar a papelada do caso para o departamento do Xerife. Earl preferiu que Randy os informasse; comentou que nunca se encontrara com eles e não sabia se ainda moravam na mesma cidadezinha no oeste do estado, onde Marta tinha sido criada.

Dois dias depois, Randy contou que falara com o pai de Marta e que este dissera que, apesar de estar triste com a notícia, ele e a mãe de Marta não viriam ao enterro porque a viagem era muito cara; ele informou que o irmão mais velho de Marta estava vivendo em algum lugar ao norte do estado de Nova York e que há anos não sabia nada a respeito dele; também perdera o contato com a irmã mais nova de Marta e nem sabia se ela ainda estava viva. Randy disse a Earl que achou estranho o pai de Marta ter aventado a possibilidade de a filha mais nova estar morta, pois ela devia ter pouco mais de trinta anos. Melody e Warren não conheciam os avós maternos e nem sabiam que a mãe tinha um irmão e uma irmã.

126   SETE

Earl ligou para várias pessoas da sua família para dar a notícia da morte de Marta; disse que eles não precisavam vir para o funeral, pois a viagem era longa e incômoda. Todos os membros da sua família, incluindo o pai, manifestaram a vontade de comparecer; Earl agradeceu e explicou que estava tentando simplificar as coisas ao máximo, para conseguir cuidar das questões práticas do funeral, tomar conta das crianças e finalizar a colheita.

O relatório do legista foi entregue ao condado na véspera do funeral; o Dr. Raymond Westin concluiu que Marta tinha sido morta pelo impacto de um objeto rombudo, possivelmente o ombro de alguém, na parte superior do corpo e no pescoço; e que o impacto fora tão forte que tinha fraturado todos os ossos da coluna cervical e lombar superior, seccionando completamente a medula, a traquéia e o esôfago além de todos os grandes vasos do pescoço, fazendo com que o tronco cerebral fosse tracionado para baixo no espaço subcraniano criado pelo deslocamento massivo das estruturas internas. Marta Bromfman morrera instantaneamente pelo impacto; o choque com o chão não tinha sido a causa da morte.

O funeral de Marta ocorreu cinco dias depois da sua morte, na Igreja Metodista Unida, na rua Tolliver. Marta teria ficado furiosa com isso; Earl sabia que ela tinha um extremo desgosto por qualquer tipo de religião. Mas Earl decidira que a opinião de Marta não contaria mais. Ele não era crente e não freqüentava a igreja desde o colegial, mas considerou que seria um insulto para a família e os amigos da cidade não realizar uma cerimônia religiosa na Igreja Metodista que tinha sido tão importante para os pais e avós.

A igreja era pequena – apenas quinze ou vinte metros separavam a porta de entrada do altar; seis amplas e claras janelas nas laterais deixavam entrar a luz do sol filtrada pelos grandes carvalhos e bordos no lado oeste da igreja, e pelos imponentes álamos ao leste. Earl, Warren e Melody sentaram no fim da primeira fila de bancos, junto à ilha central. O caixão de pinho de Marta ficou exposto na frente da igreja, aberto e cercado de vários arranjos de crisântemos, lírios e gladíolos.

Lentamente, as pessoas começaram a entrar na igreja; Earl se levantou e ficou ao lado do caixão. A aparência de Marta, agora morta, era muito próxima àquela que tivera em vida. A pele amarelada da face estava muito esticada nas maçãs do rosto, repuxando os lábios para os lados e dando a impressão de uma contida impaciência. Earl desejava sentir a falta dela, mas não sentia; sentia pena. Desde o dia em que se conheceram, ele tentara lhe mostrar que não havia razão para temê-lo ou necessidade de afugentá-lo. A vida dela, de criança e de adulta, tinha carecido quase que totalmente de calor e bondade. Ela não escolhera viver uma vida sem amor. Ninguém ia querer isso, se houvesse escolha. Enquanto olhava Marta no caixão, Earl pensou que ela não pudera mudar isso, mesmo quando adulta.

Muita gente compareceu ao funeral, porque em uma cidadezinha agrícola todo mundo vai ao batizado, casamento e funeral de todo mundo; mesmo quando não se conhece pessoalmente o morto, certamente se conhece a esposa, o filho, o irmão ou o avô do falecido; e um bom vizinho sempre presta os seus respeitos a um conhecido. Melody virou-se para ver quem tinha vindo ao funeral da sua mãe. Ela viu algumas famílias das fazendas vizinhas e o proprietário da lanchonete, cujo nome ela não sabia. Randy Larsen e a Srta. Wells estavam lá; Jenny e o farmacêutico também, mas Melody não sabia quem eram. Imaginou que algumas das pessoas que não conhecia tinham trabalhado com a mãe na lanchonete. Warren estava com o corpo duro, o olhar perdido e longínquo.

128   SETE

Pouco antes de começar o serviço religioso, uma mulher entrou na igreja. Melody nunca a vira, mas tinha certeza que ela fazia parte da família da mãe. Era uma mulher muito bonita e muito parecida com a mãe, embora de aparência muito mais jovem e sem todas aquelas rugas e vincos na face.

Melody chegou perto de Warren e sussurrou:

— Olhe lá aquela mulher em pé, sozinha. Você já a viu antes?

Warren se virou na cadeira e deu uma boa olhada na mulher. Disse:

— Não que eu lembre, mas quando olho para os adultos, não consigo perceber as diferenças, eles são apenas gente grande.

— Você não acha que ela se parece com *ela*?

— Acho, mas *ela* não conseguiria estar vestida assim.

— Ela se parece tanto com *ela* que poderia ser irmã *dela*.

— *Ela* não tinha uma irmã.

— *Ela* nunca falou que tinha, mas eu nunca acreditei em nada do que *ela* falava. *Ela* não tinha retratos de ninguém; e quando eu lhe perguntei sobre a família disse para eu não me meter no que não era da minha conta.

O ministro subiu os três degraus no lado direito do altar e foi até o púlpito, dando início ao serviço religioso. Ele era magro, cabelos castanhos rarefeitos e devia ter quase cinquenta anos; usava óculos com armação de metal e uma veste branca coberta por uma estola roxa. O ministro começou lendo uma passagem do *Livro de Oração Comum* que falava de terra para terra, cinzas para cinzas, pó para pó. Então olhou para cima e depois baixou o olhar sobre a congregação, como quem desdobra e estica um fino cobertor sobre a cama. Ele disse que não tivera o privilégio de conhecer Marta pessoalmente, mas falara com muitas pessoas que a conheceram.

Começou em tom sombrio:

— A pessoa cuja morte está sendo pranteada, Marta Bromfman, era uma mulher devotada à família e a ajudar os vizinhos. Ela trabalhou incansavelmente e só pensava em atender as próprias necessidades depois de ter atendido às necessidades das pessoas à sua volta.

Warren e Melody não reconheceram a mãe no discurso do pastor e imaginaram se as outras pessoas na igreja acreditavam no que estavam ouvindo.

Meia hora após o serviço ter começado, a voz monótona do pastor foi interrompida pelo ranger da porta da frente da igreja. O pastor fez uma pausa momentânea para olhar as duas pessoas que entravam na igreja; isso levou o resto dos convidados, exceto Warren, a virar para olhar também. De imediato, foi impossível enxergar as duas figuras devido ao reflexo de luz branca atrás delas. A menor das duas figuras se virou para fechar a porta, os dois caminharam lentamente pela ilha e, então, foi possível discernir que a dupla era formada por um homem velho de cabelos brancos e uma mulher de baixa estatura, muito mais jovem que ele, provavelmente sua filha. Inclinado para frente, o homem caminhou vagarosamente pela ilha central, apoiando-se alternadamente na bengala que segurava com a mão direita e no ombro da mulher, posicionado sob seu braço esquerdo. Earl os reconheceu na hora e não conseguiu segurar as lágrimas. Esta era a primeira vez que ele chorava desde que Marta morrera. O ministro deu as boas-vindas aos recém-chegados e esperou que sentassem antes de continuar.

130   SETE

Apesar do pedido de Earl, o pai e a irmã tinham vindo, pois era o que achavam certo; e vieram sem causar transtorno. Na véspera do funeral, Henry e Leslie tomaram um ônibus da Greyhound que os levou para o oeste, cruzando o Tennessee e o Missouri – uma viagem que durou seis horas. De madrugada, trocaram de ônibus em Kansas City e novamente em Great Bend até conseguirem chegar ao terminal de ônibus da cidade, no fim da manhã. Então, tomaram um taxi que os levou até a igreja que ambos conheciam bem.

Earl vira Anne entrar na igreja logo antes de o serviço começar. Fazia quinze anos que não a via, mas ela estava idêntica a como ele a recordava. Ela devia estar com trinta e três anos, mas ainda irradiava o brilho da juventude. Trajava um vestido preto mais formal e elegante do que as roupas que as outras mulheres estavam usando. Mas não era só por isso que ela se destacava. Ela era radiante. Earl viu nela a garota de dezenove anos, para quem a música tinha sido tanto o sintoma como a cura. Ele a visualizou no apartamento do ático, decidindo quais faixas da coleção de álbuns e compactos que trouxera iria tocar para ele.

Earl evocou a mudança ocorrida na vida dele e na de Marta nas semanas que se seguiram ao dia em que Anne trouxera os álbuns e o toca-discos. Estabeleceu-se um ritmo de idas e vindas. Anne chegava toda sexta-feira à noite. Earl ficava estudando no apartamento até Marta voltar do trabalho como restauradora de livros na biblioteca. Assim que Anne chegava, saíam para jantar; de volta ao apartamento, conversavam e ouviam música; iam dormir lá pelas onze, Earl e Marta no quarto de Earl, Anne no de Marta. Earl e Marta trabalhavam meio período aos sábados e esperavam ansiosos a tarde chegar como as crianças esperam a hora do recreio na escola. Ao final da tarde de domingo, Anne pegava o ônibus de volta para seu apartamento. As tensões entre Marta e Earl quase desapareceram, pois ele não se sentia mais deixado à míngua por

Marta. E ela não se sentia mais pressionada por Earl. Agora que a expectativa pela chegada de Anne introduzira um tempo futuro na vida deles, pediam muito pouco um ao outro. Earl e Marta estavam se estranhando na melhor acepção da palavra; entre outras coisas, um estava muito mais excitante sexualmente para o outro. Sem se aperceberem, passaram a se ver através dos olhos de Anne, imaginando-a um no outro. No começo do relacionamento, o sexo havia sido decepcionante para eles e, depois, tinha despencado ladeira abaixo. Naquele verão, e pela primeira vez na vida, Marta soube o que era sentir desejo sexual, algo que nunca esperara e nem quisera muito sentir. Earl sabia o que era desejo, mas havia desistido completamente de senti-lo com Marta. O intenso desejo sexual que sentia por Anne não havia diminuído; sabia que aquele desejo nunca seria realizado, então passou a desfrutar da fantasia de estar fazendo sexo com Anne enquanto tinha sexo com Marta. Marta nunca superara a irritação que sentia com os modos de Earl, mas concluiu que provavelmente eram modos comuns a todos os homens e, destes, Earl era o menos irritante com quem se deparara.

Os colegas do time de futebol gostavam de Earl e lhe emprestavam o carro sempre que ele pedia. Até então, só tinha pedido o carro emprestado para dar uma volta com Marta pelas redondezas. Mas dar uma volta de carro com Anne era emocionante. Earl amava a sensação do ar quente de verão entrando pelas janelas do carro, com o rádio tocando música em alto volume. Durante esses passeios, ele pensava que não havia nada melhor do que isso. O verão prosseguia e Earl foi sendo consumido pelo sentimento de o tempo estar acabando. Ele tinha uma sensação ameaçadora de que jamais conseguiria voltar a viver da mesma forma que vivera antes de Anne ter entrado em sua vida. Mas como é tão frequente na vida, ele estava com medo da coisa errada.

132 SETE

Como previsto, as mudanças do outono chegaram: as manhãs mais frias, as tardes mais curtas e escuras, a noção do tempo dada agora mais pelas demandas do trabalho do que pelos ritmos da natureza. Todas essas mudanças eram corriqueiras, dentro dos limites esperados. Mas Marta era incognoscível e, portanto, imprevisível. Em uma dessas noites de outono, Marta chamou Earl para conversar na sala, um evento sem precedentes. Sentaram no sofá, separados por meio metro de distância; Marta endireitou a saia, pressionando-a e puxando-a sobre suas coxas com as palmas das mãos até o tecido cobrir os joelhos.

Inspirou profundamente e disse:

— Earl, vou direto ao ponto. Há algumas semanas que estou escondendo uma coisa de você. Minha menstruação não veio, o que não é raro, mas as semanas foram passando e, como nada aconteceu, fiquei preocupada. Fui ao Centro de Saúde da Universidade e eles fizeram um teste de gravidez. Hoje de manhã me chamaram e avisaram que o resultado foi positivo.

Ela fez uma pausa, esperando por uma resposta, mas Earl permaneceu quieto.

— O médico me disse que estou grávida de seis a oito semanas e que o bebê deve chegar no começo de maio.

Earl examinou o rosto de Marta, mas não encontrou nenhum indício de como ela estava reagindo à notícia. O rosto dela parecia pálido e anguloso, a luz proveniente da lâmpada nua que pendia de uma viga quebrada deixava a testa dela brilhante, com sombras escuras em torno dos olhos, bochechas e sob o lábio inferior.

— Por que você demorou todo esse tempo para me contar?

A pergunta de Earl soou mais acusadora do que pretendera.

— Meus ciclos são irregulares, por isso eu não falo toda vez que atrasa.

— O que você quer fazer?

— Um aborto não, com certeza. Li algumas coisas na biblioteca e descobri que o aborto é ilegal em todos os estados; eu não vou deixar um desses caras que fazem abortos clandestinos colocar as mãos em mim.

Earl foi firme:

— Por favor, não fale comigo como se eu estivesse querendo que você abortasse. Já conversamos muito sobre isso, nas outras vezes em que pensamos que você podia estar grávida; você sabe que eu nunca quis que você fizesse um aborto. Eu sempre disse que casaria com você e que criaríamos o bebê juntos, e eu ainda quero isso; espero que você também.

Earl se aproximou de Marta, mas ela continuava dobrada para frente, as mãos sobre os joelhos, olhando para o chão. Ela falou com a voz trêmula:

— O que eu quero, mesmo, não posso ter. Eu quero *não* estar grávida. Eu *não* quero ter um bebê. Mas eu *estou* grávida e eu *vou* ter um bebê. Então, o que eu vou fazer com o bebê? A minha resposta é que eu *não* vou dá-lo a um estranho. Há um monte de coisas que eu *não* quero fazer e não há nada que eu *queira* fazer.

— Por favor, eu peço que você não nos tire a oportunidade desse bebê ser um acontecimento feliz em nossas vidas.

— Acontecimento feliz? Você está louco? Não há nada de feliz no fato de dois universitários que não queriam se casar e não queriam ter um bebê descobrirem que vão ter um bebê e que podem escolher entre procurar um açougueiro para tirá-lo ou pular a juventude e cair direto na meia idade.

Earl ainda tentou evitar que a conversa ficasse histérica e disse:

— Tudo isso é verdade, mas por que não tentamos tirar o melhor que podemos disso? Por que não podemos dizer que nos amamos e que apenas estamos apressando o que viria a acontecer mais tarde e por nossa escolha?

Marta levantou a cabeça e lentamente avaliou Earl:

— Você acredita em uma palavra do que está dizendo? Amor? Você nunca disse que me amava e eu nunca disse isso para você. Nenhum de nós estava esperando por amor. Gostamos um do outro na maior parte do tempo, passamos a maior parte de nosso tempo juntos e, de vez em quando, temos sexo. Isso é amor? Eu realmente não sei. Talvez seja.

— Eu gostaria que você não denegrisse o que temos. Eu não sei o que as pessoas querem dizer quando falam a respeito de amor. Eu sempre achei que o que cada um entende por amor é da sua própria conta e não pode determinar o que eu entendo por isso. Não existe uma medida padrão para amor como o horário de Greenwich. O que eu sinto por você é um sentimento que chamo de amor e não vou deixar você pisar nele como alguém que esmaga uma ponta de cigarro no chão.

Marta, olhando para o chão novamente, disse:

— Sinto muito, Earl.

Earl ficou surpreso com o pedido de desculpas de Marta. Ela nunca havia lhe pedido desculpas antes, por coisa alguma. Depois de um tempo, disse:

— Eu também não gosto da situação. Eu não ia levantar a mão se alguém perguntasse, "quem quer desistir do que planejou fazer quando se formar, esquecer a pós-graduação e, em vez disso, casar, criar uma criança e aceitar o primeiro emprego que aparecer para poder pagar as contas"? Mas ninguém me perguntou isso. A pergunta é: "o que você quer fazer com o bebê que vai nascer em maio"? E eu digo que quero me casar e formar uma família junto com você.

Marta, ainda olhando para o chão, disse:

— Nós fizemos sexo, mas eu *estou* grávida. Eu *vou* ter o bebê, não você. Eu sou a mãe e não concordo com a meta das feministas, de oportunidades e responsabilidades iguais para homens e mulheres. Eu acredito que a mãe é a única pessoa que realmente ama a criança. Homens podem cuidar das cólicas, mas não acredito que eles possam realmente cuidar de um bebê da mesma forma que as mulheres. É biológico. As mulheres têm seios para amamentar bebês, homens não. Você vai conseguir um emprego; sei que você vai ter sucesso e será valorizado por isso. E você vai chegar em casa e perguntar como foi meu dia com o bebê; minha resposta será menos interessante para você do que ouvir os noticiários noturnos. Você vai notar se não tiver janta na mesa e comida no refrigerador, mas isso não vai acontecer porque eu não sou o tipo de pessoa que vai deixar que isso aconteça. Eu vou fazer as compras, cozinhar e limpar. Vou trocar as fraldas do bebê, levá-lo passear de carrinho e tomar ar. Você terá que arranjar um emprego para pagar as contas. Eu não terei nem mesmo essa opção; não porque você não queira me dar essa opção, mas porque eu não vou confiar em você ou em nenhum outro homem para cuidar do bebê. Você pode se esforçar – e você é o tipo que vai tentar – mas você realmente não pode fazê-lo. Eu não faria isso a um bebê.

136 SETE

— Nada que eu possa dizer vai fazer qualquer diferença para você. Você já está com a cabeça feita, acha que isso vai ser um desastre e vai acabar com a sua vida, mas não com a minha. Eu não tenho argumentos para contrapor a cada uma das suas queixas. Tudo o que eu posso esperar é que você sinta que eu genuinamente quero ter uma família com você e que eu não acredito que esse bebê vai acabar com as nossas vidas... ou que a sua vida esteja acabada e a minha não.

Earl inclinou-se para frente, em um esforço vão de captar os olhos de Marta com os seus. Quando terminou de falar, recostou-se no sofá. Marta permaneceu curvada.

Finalmente, ela conseguiu falar:

— Earl eu sei que você acredita no que está dizendo. Eu sei mesmo, e amaria acreditar nisso também. Mas isso é tão diferente daquilo que minhas vísceras me dizem que vai acontecer, que a minha sensação é de estarmos ainda mais distantes do que pensei. Você me parece ingênuo. Sempre gostei disso em você, mesmo quando a sua ingenuidade me deixa furiosa por você não enxergar o mundo como ele é de fato.

Earl também receava que a previsão de Marta para o que lhes estava reservado fosse mais acurada do que a dele, mas ele achava que não havia qualquer vantagem em ceder a esses medos. Ele sabia que não amava Marta do modo que um dia esperara amar a mulher com quem se casaria e com quem teria filhos. Ele também sabia que Marta não o amava do modo que ele esperara ser amado. Durante os dois anos em que viveram juntos, várias vezes ele se perguntara o que estava fazendo ali com uma mulher de quem ele gostava e também sentia pena, mas a quem não amava. Ele dizia para si mesmo que nenhum deles prometera nada ao outro; e que quando se formassem, iriam parar em diferentes lugares de especialização; ou então, aceitariam empregos em cidades diferentes e isso seria o fim da relação deles. Earl estava se formando em engenharia e esperava trabalhar em uma companhia como a *General Electric* ou a *Westinghouse*, uma grande companhia com ramificações por todo o país e pelo mundo todo. Na primavera, ele planejava procurar uma vaga nessas e em outras companhias de engenharia. Marta estava encantada com a restauração e reparo de livros e planejava fazer uma pós-graduação em biblioteconomia. O departamento de restauração de livros já tinha se oferecido para ajudá-la a pagar o curso, para que um dia ela voltasse a trabalhar na seção de livros raros da biblioteca. Earl sabia que todas essas esperanças, tanto as dele como as de Marta, estavam muito ameaçadas se não completamente acabadas. A vida deles, após a formatura, não seria mais aquela que haviam planejado. O quanto as coisas seriam boas ou ruins, dependeria em grande parte de ambos, pensou Earl. Ele sabia que lhe cabia manter acesos os sonhos de ambos, embora nos sonhos de cada um o outro não estivesse incluído. Se ele não fizesse isso, ninguém faria.

Nas semanas seguintes, Earl e Marta gradualmente absorveram o choque da notícia. Eles tinham que se reinventar em suas próprias mentes. Eles não eram mais crianças de colégio. Em poucos meses se transformariam em pais de uma criança. Essa mudança nas respectivas autoimagens era uma reviravolta muito maior para Marta do que para Earl, porque ela tinha grande dificuldade em se imaginar como mãe e como esposa. Foi apenas no decorrer dessas semanas de introspecção e reflexão que Marta pode colocar em palavras o fato de que nunca planejara casar ou ter filhos. Ela achava que não tinha dentro de si nem o desejo e nem a habilidade para ser esposa ou mãe. O que a surpreendeu foi ela se sentir emocionalmente incapaz de dar o filho em adoção. Ela se perguntava de onde tinha tirado isso. Certamente nem do pai e nem da mãe, pois acreditava que eles tinham odiado o encargo de ter filhos e não

138   SETE

tinham tido nenhum prazer com isso. Ela achava que não tinha sido uma boa irmã mais velha para Anne. Ela fora embora de casa no último ano do colegial, sem pensar duas vezes em Anne.

Havia pouco tempo para tomar as decisões necessárias, se quisessem esconder o fato de que o bebê fora concebido antes do casamento, pois Marta achava importante manter isso em segredo. Ela não queria que o seu filho vivesse envergonhado como ela vivera. Marta decidiu casar com Earl e ter o bebê. Earl nunca revelou a ninguém os medos e a decepção de ter que formar uma família com Marta.

Earl Bromfman e Marta Noel casaram no cartório do condado em 29 de outubro de 1964. Na certidão de casamento constou a assinatura de Anne Noel como testemunha.

No fim da tarde, Earl telefonou aos pais para contar que ele e Marta haviam se casado no civil; ele queria que os pais fossem os primeiros a saber. Explicou-lhes que ele e Marta não queriam fazer estardalhaço – não era o estilo deles. Felizmente, Marta concordara em conhecer os pais de Earl uns meses antes, nos feriados da primavera. Assim, Earl não precisou dizer aos pais que casara com alguém que eles não conheciam. No começo, os pais de Earl ficaram pasmos com o anúncio do casamento, mas em seguida ficaram genuinamente felizes e lhes disseram o quanto eles tinham gostado de Marta; queriam também conhecer a família dela. Pediram a Earl que passasse o telefone para Marta para que eles pudessem cumprimentá-la e dar-lhe as boas vindas na família. Então, Earl ligou para o irmão e para a irmã.

Marta não ligou para ninguém.

Oito

Seis semanas após o casamento, quase no fim do semestre de outono do último ano da faculdade, Marta encontrou uma carta do Escritório da Controladoria da Universidade em sua caixa de correio, o que não era inusitado porque ela já recebera cartas como essa confirmando a prorrogação de sua bolsa de estudos ao término dos semestres anteriores. Antes mesmo de abrir o envelope, Marta teve um pressentimento de que aquela carta era diferente das anteriores. Ela pôs o envelope fechado no bolso do casaco verde de lã e subiu os quatro lances de escada até o último andar. O apartamento estava escuro, iluminado apenas e parcialmente pela luz vinda da rua em frente, que projetava trapézios de claridade no teto, e pelos faróis dos carros que passavam de quando em quando. Marta deixou a mochila no chão e foi até o quarto. Acendeu a lâmpada da escrivaninha e tirou a carta do bolso do casaco. Com o coração batendo forte, rasgou o envelope de qualquer jeito.

Prezada senhorita Noel,

Escrevemos para informá-la que uma auditoria encontrou algumas irregularidades no seu requerimento para o Programa Trabalho-Estudo da Universidade. Solicitamos a gentileza de agendar um encontro com um de nossos funcionários no escritório da controladoria para esclarecer o assunto.

Sinceramente

Francine Gallagher

Assistente da controladoria

Ao ler a carta, Marta gelou. Durante quase quatro anos, ela tinha evitado pensar que podia ser presa por falsificar um documento. No primeiro requerimento para obter ajuda financeira, ela inventara uma renda para a família e falsificara a assinatura do pai. Marta pensara que, depois que a sua solicitação de ajuda financeira fosse examinada e aprovada pela primeira vez, ela nunca mais teria de recorrer a esse tipo de embuste. Mas, no fim do primeiro semestre da faculdade, ela recebeu um formulário da controladoria indagando se a situação financeira do pai havia ou não se alterado desde que a solicitação inicial fora feita. Da primeira vez que falsificara a assinatura do pai, como não dispunha de nenhuma amostra para usar como modelo, ela criara uma assinatura para ele, bastante diferente da dela. Ela tinha ficado tão nervosa ao cometer a fraude que não guardara uma cópia do requerimento com a assinatura falsificada. Consequentemente, quando ao fim do primeiro semestre recebeu a comunicação da controladoria pedindo uma atualização da renda do pai, ela forjou uma nova assinatura e torceu para que tivesse ficado parecida com a primeira. Ela manteve uma cópia dessa segunda assinatura para usá-la como modelo nos pedidos de atualização subsequentes.

Sem tirar o casaco de inverno, Marta leu a carta e desabou na cadeira da escrivaninha, tentando se livrar de um turbilhão de imagens horripilantes: prisão, julgamento e condenação por falsificação. Imaginou a cara do pai se agigantando, contorcida de desdém e desprezo; a boca aberta, mostrando os imundos dentes amarelados. O mau-hálito que ele exalava, quando respirava, dava náuseas. Ela catou o cesto metálico de papel que ficava embaixo da mesa e vomitou; depois, limpou vagarosa e metodicamente os cantos da boca com os lenços de papel que pegou na bolsa e foi andando trôpega, apoiando-se nos cantos da cama. Deitou e ficou olhando para o teto; não lhe ocorreu falar com Earl a respeito da carta – ela só contava consigo mesma para se defender, estava só como sempre estivera. Incapaz de visualizar uma estratégia, e querendo acabar de vez com o "assunto", qualquer que fosse o desfecho, cambaleou até a parede do *hall*, pegou o telefone e agendou um encontro com a Srta. Gallagher às quinze para as quatro do dia seguinte. Algumas horas depois, Earl voltou ao apartamento e encontrou a mochila de Marta no chão, junto à entrada. O quarto dela estava fechado, sem qualquer luz perceptível por baixo da porta. Earl imaginou que ela dormia e não quis perturbá-la. Marta ficou deitada na cama a noite inteira, com a mente inundada por imagens aterrorizantes e sem discernir se estava acordada ou dormindo. Ela testemunhou a aurora surgir, trazendo a luz acinzentada da manhã de inverno através das janelas de seu quarto.

Marta se vestiu, colocou o casaco de inverno, desceu as escadas e saiu do edifício. A bruma fria envolveu sua face. Ela atravessou o campus, desceu colina abaixo em direção ao decadente bairro comercial da cidade e chegou ao pátio da ferrovia.

Vagões de carga, plataformas e vagões-tanques estavam estacionados como se fossem enormes animais congelados, ligados entre si por engates enegrecidos, cada um encarcerando o outro.

142 OITO

O ruído cortante dos metais misturados ao som suave das vozes humanas pairava sobre a malha de trilhos gelados.

Horas se passaram sem que ela se apercebesse. O terror inspirado pelo encontro com a assistente da controladoria não saiu um instante da mente de Marta, assumindo formas continuamente cambiantes: em um momento, parecia um aperto no peito; no momento seguinte, surgia como uma vista aérea de si mesma na qual ela diminuía de tamanho e, ao mesmo tempo, via o ponto de observação se distanciar da superfície da terra resultando em uma perspectiva na qual ela ficava invisível – indistinguível de qualquer outra coisa; em outros momentos, o terror tomava a forma de uma imagem vívida de si mesma flutuando interminavelmente no espaço vazio, como se estivesse à deriva na escuridão absoluta.

O toque do sino na torre Whitman, na quadra sul do campus, significou para Marta um chamado para retornar ao apartamento; tomou banho e vestiu uma blusa leve de algodão branco, uma saia xadrez e um cardigan azul petróleo. Ela se olhou no espelho de corpo inteiro afixado atrás da porta do quarto e viu a própria mãe.

Marta reservou mais de duas horas para chegar ao escritório da controladoria porque não confiava em sua noção de tempo. Ela conferiu a hora marcada no relógio de pulso com a do relógio da cozinha. Ao descer os degraus da frente do prédio ela viu que as veredas do campus estavam lotadas de estudantes e de outras pessoas que lhe pareceram esquisitas: um homem usava muletas, mas parecia não precisar delas; três meninos pareciam jovens demais para ser estudantes universitários; um professor de aparência solene, imponente demais para estar nesse campus da universidade, carregava uma pasta.

A partir das três em ponto ela passou a olhar o relógio a cada minuto. Marta decidiu caminhar em volta do prédio onde ficava o escritório da controladoria até que faltassem cinco minutos para o seu compromisso marcado para dali a quarenta e cinco minutos. O prédio anteriormente fora o edifício da Física; depois, um novo complexo foi construído para abrigar o departamento, equipado com o mais recente cíclotron ou algum outro equipamento cujo nome Marta não lembrava. Ela viu o nome "Converse Hall – departamento de física" entalhado na pedra, acima do portal do edifício; sobre essa gravação tinham sido afixadas letras pretas do mesmo tamanho que as anteriores: "Centro Administrativo Merril".

As letras entalhadas pareciam se rebelar contra as letras recentes e mais chamativas que lhes foram sobrepostas e que tentavam, sem sucesso, ignorar a existência das letras escavadas.

Marta entrou no escritório da controladoria faltando cinco minutos para o horário agendado; a sala era muito maior do que esperara. Que tipo de palavra era esta, "controladoria"? Existiriam outras palavras na Língua Inglesa nas quais as letras mp sejam pronunciadas como se fossem um n5? O escritório parecia a recepção de um banco, sem os guichês. Havia um longo balcão na extensão do comprimento da sala retangular; atrás dele, duas mulheres de meia idade folheavam metodicamente pilhas de papéis, como se estivessem procurando algo muito específico. A sala estava iluminada por duas fileiras de luminárias fluorescentes brancas de dois metros de comprimento, espaçadas entre si a cada metro e meio ou dois; pareciam duas filas de tanques de guerra de ficção científica prontos para receber a ordem de avançar. Atrás do balcão, a mais ou menos três metros de distância, havia meia dúzia de escrivaninhas de carvalho escuro, cada uma com uma máquina de escrever IBM bem centralizada à frente da cadeira; havia uma luminária com cúpula de vidro verde no canto direito de cada mesa e um

144 OITO

cesto de recepção-expedição com três divisões no canto esquerdo. Tudo havia sido muito planejado, Marta pensou. Duas mulheres com óculos de armação metálica, cabelo preso em um coque e faces severas, sem um pingo de maquiagem, estavam sentadas atrás de duas escrivaninhas. Elas se pareciam estranhamente, como se fossem clones. Marta pensou que uma dessas mulheres devia ser a Srta. Gallagher.

Marta escolheu a mulher mais jovem que estava atrás do balcão, a que lhe pareceu menos ameaçadora, foi até ela e disse o seu nome. Recebeu como resposta um olhar inexpressivo; então informou o nome da pessoa que viera encontrar e o horário agendado para a entrevista. Marta recebeu instruções para sentar e aguardar. Ela olhou para trás e só então notou os três bancos sem encosto, compridos e lustrosos, encostados na parede oposta ao balcão. Ela suspeitou tratar-se de uma espécie de dança coreografada de modo a maximizar os sentimentos de fraqueza e medo das pessoas. Mas isso não estava funcionando com ela. Ela já tinha enfrentado coisas muito piores do que as preparadas por essas mulheres.

Passados quinze minutos, falaram para Marta ir até a escrivaninha da Srta. Galllagher, que era a mais distante à esquerda. Francine Gallagher parecia estar absorta em um trabalho importante; quando Marta se aproximou ela continuou sentada, os olhos fixos em um pedaço de papel que estava lendo. Depois de deixá-la em pé e sem graça ao lado da escrivaninha por alguns instantes que pareceram muito demorados, a Srta. Gallagher olhou para cima e disse: Srta. Noel! Com um gesto da cabeça, sinalizou para Marta sentar na cadeira de madeira de encosto reto em frente a ela.

— Srta. Noel, vejo aqui...

— É Senhora Bromfman. Casei em outubro.

— Ah, está bem. Bem, Sra. Bromfman, como informamos na carta que lhe enviamos, algumas coisas estranhas chamaram nossa atenção durante uma revisão da matrícula dos estudantes do Programa Trabalho-Estudo. A sua candidatura inicial e as seis requisições subsequentes para prorrogação do pacote de ajuda financeira foram assinadas por Lawrence Noel. Aqui diz que é o seu pai, está correto?

— Sim, está.

— Chamou a atenção de um de nossos auditores que a assinatura original de seu pai é muito diferente das assinaturas que constam nas sete solicitações subsequentes para manutenção da bolsa. Você pode explicar essas diferenças?

— Não sei como explicar.

— Ele teve um derrame?

— Não, acho que não. Não o vejo com frequência.

— O seu pai assinou esses documentos?

— Acredito que sim, pois a assinatura dele está aí.

— Sra. Bromfman, eu insisto para a senhora ser completamente franca. Qualquer coisa que não seja a verdade absoluta vai tornar tudo isso muito mais difícil.

Marta olhou fundo nos penetrantes olhos azuis da Srta. Gallagher tentando encontrar algum um traço de bondade neles, mas não achou nenhum. Naquele momento Marta compreendeu que era, na melhor das hipóteses, uma amadora, uma simples criança jogando contra a mestra. A Srta. Gallagher não era o tipo de pessoa que ajudava os outros a encontrar soluções; ela era uma promotora que provava que as pessoas eram culpadas de um crime. E Marta sabia plenamente que, no estado em que se encontrava, não estava em sua melhor forma; ela não era nem mesmo uma amadora qualificada. Marta então decidiu dizer a verdade porque sentiu que era incapaz de sustentar com firmeza mais uma série de mentiras. O que tivesse de acontecer, aconteceria; e ela se sentiu completamente impotente para mudar aquilo que lhe tinha sido reservado.

Marta falou em uma voz débil e sem entonação:

— Estou envergonhada de mim mesma e de meus pais. Na época que eu passei para o penúltimo ano do colegial, as coisas na minha casa estavam tão ruins que eu tive que me mudar. Desde o meu primeiro ano de colegial, a diretora da escola, a Srta. Saunders, achava que eu tinha grande potencial; ela foi muito generosa comigo e se tornou minha orientadora. Quando ficou patente que não dava mais para eu viver na minha casa, ela me cedeu um quarto na casa dela para eu ficar até me formar. Meus pais ficaram bravos com a minha mudança, mas não deram queixa à polícia, à escola, ou mesmo reclamaram com a Srta. Saunders. Penso que eles não queriam que ninguém investigasse a situação familiar. Eles não eram pais comuns, eles eram diferentes.

Marta decidira contar a verdade, mas mesmo assim ficou abismada por estar contando mais verdades para essa mulher, de quem não gostara e em quem não confiava, do que para qualquer pessoa na sua vida, exceto Earl.

Os olhos da Srta. Gallagher não descolavam dos de Marta, tentando discernir se o que ela estava falando era verdade ou manipulação.

Ela fez uma pausa, que para Marta teve a duração de vários minutos, e disse:

— Às vezes, os pais têm dificuldades com uma criança e tirá-la de casa é a única opção. Essas coisas acontecem com as famílias. Mas não estamos aqui para discutir os problemas que você teve com seus pais, ou os que eles tiveram com você; estamos aqui para esclarecer totalmente as mudanças na assinatura de seu pai.

— Estou tentando lhe contar as circunstâncias em que assinei os formulários pelo meu pai, Marta disse. Quando lhe pedi para fornecer as informações necessárias para preencher a solicitação de bolsa e para assiná-la, ele se recusou. Ele disse que minha vontade de ir para a universidade era justamente mais uma mostra que eu era pretensiosa; que eu tinha mesmo de estudar secretariado. Ele estava furioso por eu ter saído de casa e queria se vingar. Eu assinei por ele porque essa era a única maneira de conseguir pagar a anuidade e todas as outras despesas

Quando a palavra "secretariado" saiu da sua boca, Marta se afligiu, achando que tinha cometido uma gafe terrível. Será que a Srta. Gallagher se considerava uma secretária? Assistente de controladoria era uma posição executiva ou de secretaria?

A Srta. Gallagher parecia não acreditar no que estava ouvindo.

— Nunca lhe ocorreu trabalhar por um ano ou dois para economizar o dinheiro que você precisava, em vez de cometer os crimes graves de falsificação e falsidade ideológica contra o Estado? Pessoas vão para a prisão por falsificação e fraude.

— Preciso de um advogado?

— Isso fica inteiramente a seu critério. Não posso lhe aconselhar sobre isso. Conta a seu favor que você foi honesta sobre o que eu já suspeitava e confirmei quando falei com o seu pai.

148 OITO

Marta se deu conta que a Srta. Gallagher já estava sabendo de toda a história e que tinha se reservado o prazer de esperar para ver se ela ia acrescentar mais mentiras às anteriores. Pior ainda, a Srta. Gallagher sabia que a mais terrível punição que poderia lhe infligir não era denunciá-la para o reitor, para que ele a expulsasse; ou ainda, delatá-la à polícia por fraude e falsificação. Marta ficou muito mais aterrorizada ao imaginar a fúria do pai por ela ter mentido e roubado e, com isso, arriscar levar o nome da família para a sarjeta junto com ela. O fato de ela não ver o pai e nem falar com ele há anos não atenuava nem um pouco o terror que sentiu.

Mas a Srta. Gallagher ainda não dera a sua cartada final.

— Nós ainda não temos uma visão clara do papel que, segundo seu pai, a Srta. Saunders desempenhou nos vários engodos cometidos por você. É verdade, como ele nos contou, que a Srta. Saunders ajudou você na preparação da candidatura e no esquema de fraude?

Marta protestou, elevando a voz pela primeira vez.

— Não, não é verdade! Isso é mentira, e você sabe que é uma mentira. Ela me ajudou a conseguir os requerimentos para o ingresso na universidade e para o programa estudo-trabalho, mas ela não sabia que eu inventei os números relativos à renda de meu pai; e não tinha conhecimento de eu ter assinado por ele os formulários para ajuda financeira. Você sabe que a acusação contra a Srta. Saunders não tem fundamento, porque se ela tivesse metida nisso teria preservado a primeira falsificação para o caso de ter de usá-la novamente.

Marta percebeu que não controlava mais a conexão entre o que pensava e aquilo que falava. As palavras vinham à sua boca sem ela saber com antecedência quais eram; também, não sabia o que já havia dito. Ela se ouviu dizendo – o quão alto ela não tinha certeza:

— A Srta. Saunders é a única pessoa em minha vida que sempre se importou com o que acontecia comigo!

A Srta. Gallagher não se comoveu com a defesa que Marta fez da Srta. Saunders e disse:

— Certamente não vamos nos basear em falatórios – se a Srta. Saunders sabia ou não sabia; se fez ou não fez – até conversarmos com ela; mas posso lhe dizer que o seu pai me disse que vai denunciá-la ao superintendente da escola.

A voz de Marta tremeu quando ela falou:

— Não finja que você não está tentando destruir a Srta. Saunders. Será que é porque você sabe que ela é uma pessoa melhor que você e tem mais satisfação na vida por ajudar os estudantes do que você, que os persegue? É por isso que você está ajudando meu pai a acabar com ela? Você não tem que me responder, você terá muito tempo para se fazer esta pergunta.

— Eu penso que você tem muita facilidade para mentir e apontar o dedo para os outros, Sra. Bromfman. O seu comportamento é a única razão de estarmos aqui falando da Srta. Saunders, e se existe alguma razão para "acabar com ela", como você melodramaticamente colocou, essa razão é você.

Esse último ataque feito pela Srta. Gallagher foi como um nocaute em um boxeador já vacilante. Marta, pálida e muda, sentou-se na cadeira. Ela podia ver os lábios da Srta. Gallagher se movimentando, mas não conseguia mais ouvir o que ela falava. Finalmente, a Srta. Gallagher ficou de pé atrás da sua cadeira, o que

Marta entendeu como um sinal para ela se retirar. Marta levantou e olhou em torno da sala, procurando a porta por onde tinha entrado no escritório e pela qual agora devia sair. Mas a sala estava rodando e o ruído em sua cabeça era ensurdecedor.

Ela podia ouvir a Srta. Gallagher dizendo com a voz alterada:

— Sra. Bromfman, por hoje é só, agora você deve sair.

A mulher atrás do balcão, com quem Marta falara primeiro, ouviu a altercação e caminhou rapidamente para onde Marta estava parada; segurou-a gentilmente pelo cotovelo e levou-a até o banco onde havia sentado anteriormente.

Sentou-se ao lado de Marta e disse:

— Vou ficar aqui com você até você se sentir mais forte.

Marta olhou inexpressivamente para ela. Depois de um tempo, Marta levantou e se encaminhou para a porta do escritório da controladoria, desceu as escadas e saiu no ar escuro e frio. As luminárias nas trilhas do campus estavam acesas, então já devia passar das cinco horas da tarde. Marta estava sem pensamentos. Caminhou de volta ao prédio onde morava, subiu os quatro lances de escada para o apartamento e destrancou a porta; a partir daí, não teve mais ideia do que ocorreu desde o momento em que observara os lábios da Srta. Gallagher se movimentando sem entender palavra alguma que saía da boca dela.

Nove

O serviço fúnebre terminou com um último amém; as pessoas foram se levantando devagar, aguardando a vez de se juntar à fila que se dirigia à ilha central. Na fileira da frente, Earl, Melody e Warren permaneceram sentados, olhando para o altar deserto. Ao ultrapassar a porta central da igreja, as pessoas eram como que chicoteadas pelos raios claros e quentes do sol do meio dia. Muitas delas colocavam a palma da mão sobre a testa, à guisa de viseira, enquanto outras estacavam e depois prosseguiam, abaixando a cabeça, olhando para o chão, como se desviassem das lâminas de um helicóptero. A nave da igreja projetava uma sombra no lado sudoeste, bastava dobrar a esquina do prédio para alcançá-la; então era preciso esperar um pouco para que os olhos se adaptassem à pouca luz.

Earl, Warren e Melody saíram da igreja conduzidos pelo ministro por uma porta lateral que ficava atrás do altar. Os quatro caminharam juntos ao longo da construção até encontrar um lugar à sombra onde Earl e os filhos se perfilaram para receber as palavras de consolo e afeto, acompanhadas de apertos de mão, abraços ou beijos nas faces dos três.

Melody estava usando o vestido azul-escuro e os sapatos pretos de cetim que a Srta. Wells havia lhe dado de presente; ela nada pedira em troca e, claramente, sentiu grande prazer de fazer isso por Melody. A bondade que a Srta. Wells demonstrara permaneceu vívida em Melody durante todo o tempo que ela permaneceu entre Earl e Warren para receber as condolências. Melody estava sentindo alguma coisa – um conjunto de coisas realmente – que ela nunca sentira antes. Ela não tinha palavras para descrever plenamente o que sentia, mas nunca se sentira tão bonita e tão benquista; e dentre todos os momentos e ocasiões de sua vida, vinha a sentir tudo isso logo agora, no funeral de sua mãe e ao lado do pai e do irmão.

Alguns grupos permaneciam à sombra dos imponentes carvalhos e bordos no lado oeste da igreja; mas o ar espesso e quente dificultava a respiração, particularmente das pessoas mais velhas que logo procuraram cadeiras para se acomodar. As mulheres que participavam da Assistência Feminina da Igreja tinham arrumado três mesas compridas montadas sobre cavaletes e cobertas com toalhas brancas; sobre estas, tinham intercalado as jarras de chá gelado com limão entre pinhas e flores silvestres. Elas também tinham preparado grandes tigelas de gelatina de fruta, ponche gelado e outros refrescos que os maridos retiravam rapidamente dos carros e caminhonetes e colocavam exatamente onde as esposas haviam especificado. A despeito de todos os esforços, a gelatina e o sorvete já estavam meio derretidos quando chegaram aos lugares determinados. Pareciam sobras do dia anterior.

O dono da lanchonete onde Marta trabalhara, juntamente com as garçonetes, cozinheiras e auxiliares de cozinha, trouxe pratos de sanduíches e bolos que haviam sido preparados no dia anterior e no começo da manhã. Earl agradeceu pela comida e se ofereceu para pagá-la, mas o dono da lanchonete não quis receber. Disse que gostava muito de Marta e que sempre contara com ela durante todos esses anos. Earl levou três cadeiras dobráveis para o pátio lateral da igreja e ajudou o pai a sentar em uma delas; ao ajudar Henry a sentar, sentiu que ele tinha perdido muito peso; a camisa branca de mangas curtas estava grudada no peito e nas costas, encharcada de suor; o cinto estava apertado no último furo, franzindo o tecido da frente da calça. Earl arrumou as outras duas cadeiras para ele e Leslie sentarem ao lado do pai. Fazia dois anos que eles não se viam, desde o funeral de Flora na Carolina do Norte. O tempo parecia ter sido mais generoso com Leslie do que com Earl e o pai. Leslie não era uma beldade, mas tinha uma alma extremamente generosa e o tipo de inteligência e sagacidade que transmitiam tanta compaixão e capacidade de compreensão que a tornavam atraente, mesmo não sendo bela; por isso, Leslie sempre teve rapazes ansiosos para levá-la aos eventos da escola e da Igreja. Leslie casara com Ron Adler, um jornalista que conhecera na faculdade e que na época trabalhava como repórter em um jornal local. Earl admirava a irmã mais nova desde criança, pois ela sempre era capaz de achar algo surpreendente e interessante nas coisas que ele achava triviais. À noite, ela descobria personagens e histórias nos aglomerados de estrelas, ignorando as velhas constelações listadas nos almanaques e descobrindo as suas próprias serpentes, heróis e princesas.

Earl ainda se lembrava da ocasião em que Leslie leu em voz alta para ele as páginas iniciais de *Ratos e Homens*6; foi aí que ele descobriu de verdade que os livros não eram apenas um monte de páginas que precisava ler rapidamente para terminar logo a lição de casa. Sentado ali na igreja, com o pai e com Leslie, Earl foi invadido pela viva lembrança da intensidade dos sentimentos que experimentara quando Leslie leu as páginas iniciais do livro, embora, naquele momento, não tenha conseguido nomear esses sentimentos. Na ocasião, seus olhos se encheram de lágrimas e, ao fim da leitura, quando foi falar com a irmã, teve que fazer um esforço para controlar a voz embargada. Ele conseguiu dizer que o que ela havia lido era bonito, mas não apenas bonito. E Leslie, em resposta, disse que não era apenas bonito, era funesto; porque desde o começo se sabia que algo terrível iria acontecer – algo terrível, injusto e errado. Depois de todos esses anos, ele se lembrou daquilo que ouvira e de como se espantara com a capacidade da irmã de colocar em palavras o que ele estava sentindo.

Ainda agora, o som da voz de Leslie transmitia muito de quem ela era. Desde muito nova, ela exibira uma inusitada mistura de inocência com uma inteligência excepcional. Earl não só se orgulhava de ser seu irmão mais velho, ele a reverenciava. Enquanto ele a observava conversar, enxergou nela Flora, a mãe deles; mas uma Flora que teve uma segunda chance na vida, com oportunidade de usar a mente de modos mais interessantes do que os disponíveis para uma esposa de fazendeiro de cidade pequena, uma mulher que estudara apenas até o segundo grau.

Leslie devia ter apenas treze ou quatorze anos quando começou a ler alto para ele – não apenas *Ratos e Homens*, mas também outros livros de que ele poderia gostar. Que estranho, pensou, que uma menina de doze anos lesse para seu irmão de dezesseis. Sem precisar dizer nada, eles iam para o quarto e Leslie lia para ele. O livro preferido de Earl era *O coração é um caçador solitário*[7], talvez porque fosse o favorito de Leslie também. O resto da família não comentava o fato de Leslie ler para Earl – uma bondade da parte deles, para que ele não ficasse constrangido.

Leslie se aproximou de Earl e disse:

— Eu lamento muito a morte de Marta. Nunca consegui conhecê-la muito bem.

Earl respondeu com sinceridade:

— Não sei se alguém a conheceu bem. Ela era uma pessoa muito reservada.

Henry quis opinar também, apesar de estar quase sem fôlego pelo calor que fazia:

— Na nossa família, Flora foi quem conseguiu conhecê-la melhor. Muitas vezes ela me disse que gostaria de fazer algo que pudesse diminuir o mal-estar que Marta sentia. Mas sua mãe foi assim. Ela queria ajudar todo mundo que sofria. Ela nunca foi uma mártir; só que para ela era inconcebível deixar de fazer pelas pessoas aquilo que achava necessário. Estava pensando em como ela gostaria de estar aqui hoje para ajudar você e as crianças.

Earl observava o campo com a relva ressecada nos fundos da igreja e discordou do pai:

— Mesmo mamãe teria achado difícil ajudar Marta. Ela tinha dificuldade em aceitar qualquer coisa vinda das outras pessoas. Eu tentei. As crianças tentaram. Eu não devia estar falando desse jeito no dia do funeral dela. Ela não pedia nada para ninguém que não tivesse pedido primeiro a si mesma.

Leslie era uma pessoa franca, só falava o que pensava, embora refletisse antes de falar. Ela não suportava conversas ocas, as amenidades; não porque tais conversas fossem falsas ou desonestas, mas porque eram terrivelmente chatas. Ela sempre gostou da sinceridade de Earl. Disse ao irmão:

— Marta sempre me pareceu solitária. Eu ficava aflita por ela. Mas Earl, para você também não deve ter sido fácil.

— Não, especialmente no último ano. Algo aconteceu. Talvez o simples fato de envelhecer. Ela se tornou muito amargurada, parecia que algo a consumia. Nada do que ela esperava se realizou.

— Melody e Warren, meus netos, têm bom coração. Ela deve ter feito algo de bom ao criá-los. Olhem para eles, estão conversando. Melody é tão bonita e feminina, e Warren é um bom menino. Ela devia sentir orgulho deles.

Earl e Leslie trocaram um olhar, concordando silenciosamente em não destituir o pai de suas ilusões.

Earl estava bastante consciente de que Leslie estava respeitando a sua privacidade e por isso não fizera perguntas sobre os assuntos mais delicados, especialmente as perguntas mais dolorosas, perguntas que ninguém, exceto Randy Larsen, ousara fazer. O que levara àquela manhã fatídica? O que Marta fizera exatamente para forçar Earl a matá-la? Por que ele usou de tanta força para contê-la? E, a pergunta mais terrível de se fazer em alto e bom som, Earl tivera a intenção de matá-la?

Durante essa conversa, Earl sentiu-se grato ao pai e a Leslie por terem vindo de tão longe para estar com ele, Warren e Melody. Ele não tinha imaginado quanta diferença fazia tê-los ali, o quanto ainda significava para ele fazer parte da sua família de origem. A presença deles também era importante para Warren e Melody. Apesar do tempo que ficaram sem ver o avô e a tia, conversavam bastante pelo telefone e, de vez em quando, trocavam cartas.

Mas, para eles, a pessoa favorita da família sempre fora a avó Flora. Eles não apenas a amavam, eles a admiravam e tinham orgulho dela. Ela costumava dizer algumas coisas como se estivesse falando consigo mesma, do tipo: "levantar a voz nunca fez ninguém ouvir melhor"; "as pessoas acreditam que estão certas apenas por falarem que estão certas"; "ele está falando como se Deus tivesse assoprado em seu ouvido". Se alguém perguntasse o que ela tinha sussurrado, ela respondia: não preste atenção, sou apenas uma mulher velha falando sozinha. E então dava uma piscadela disfarçada e cúmplice para Warren e Melody. Eles pensavam que a avó dizia coisas mais sábias do que os outros, até mesmo que o pai deles. À noite, no quarto, eles repetiam as coisas que ela tinha falado imitando a voz dela e então riam – tanto, às vezes, que não conseguiam parar – porque a maneira dela colocar as coisas era perfeitamente correta, expressava com exatidão o que eles estavam sentindo.

Earl estava tão envolvido com a sua família que nem tinha notado a presença de Randy Larsen. A mulher bem vestida, e extremamente parecida com Marta, tinha deixado Randy muito impressionado; ela parecia muito mais cosmopolita do que Marta – ou qualquer outra pessoa que ele já tivesse encontrado. Falar que Randy prestara atenção nela desde o momento em que ela entrou atrasada na igreja, entrada um tanto dramática, era pouco. Ele ficara hipnotizado por ela. Ela usava um vestido de alfaiataria, preto e sem mangas, sobre o qual um fino xale negro parecia flutuar. Os olhos de Randy foram atraídos pela fenda vertical de mais ou menos quinze centímetros na barra traseira, o que tornava o vestido muito *sexy*. Os três centímetros de renda negra, quase imperceptível, costurada em torno do decote, também capturaram o olhar de Randy. Para simplificar, ela era uma das mulheres mais bonitas que ele já tinha visto. Mas, apesar de seu exame longo e detalhado, ele não conseguiu decifrá-la. Será que ela tinha vindo de outro planeta? As pessoas desta simples comunidade agrícola deviam ser uma curiosidade para ela, e vice-versa. Será que ela estava voltando para casa, voltando para algo que lhe era totalmente familiar e de que tentara fugir em vão, pois tinha sido trazida de volta?

Ela segurava um copo de chá gelado na mão direita enquanto se movimentava discretamente de um lugar para outro, não deixando que seus olhos cruzassem com os olhos de ninguém. Randy finalmente decidiu se apresentar a ela. Foi como a primeira vez que tirou uma garota para dançar em uma festa da igreja. Ele falou que era amigo de Earl, de longa data, e que conhecia Marta apenas superficialmente. Superficial, era uma palavra estranha, pensou, para descrever qualquer coisa relacionada à Marta. Ele falou para Anne que ela parecia tanto com Marta que, mesmo sem tê-la visto antes, dava para saber que elas eram irmãs.

Enquanto ele falava, Anne olhou-o inquisitivamente nos olhos, o que o desconcertou, e disse:

— Sim, sou a irmã mais nova de Marta.

Depois de algumas rodadas de conversa superficial, sobre ele ter jogado futebol com Earl e o tempo estar anormalmente quente, Randy disse:

— Eu sou o delegado daqui e como talvez não tenhamos a chance de conversar antes de você ir embora, gostaria que você me ajudasse a esclarecer alguns detalhes sobre a sua irmã.

Anne respondeu friamente:

— Estou espantada que você tenha escolhido o funeral de Marta para fazer o seu trabalho policial. Sugiro que você encontre uma hora e um lugar mais apropriado para fazer as suas investigações.

Randy, ruborizado, pediu desculpas.

Anne não se afastou, mas olhou-o com tanta incredulidade que ele deu meia volta e foi embora.

Melody viu o delegado Larsen falando com a mulher que parecia com a mãe, e isso aumentou a sua curiosidade. Ela abordou o pai discretamente e perguntou quem era aquela mulher.

— É Anne, a irmã mais nova de sua mãe. Eu sei que você tem um monte de perguntas, mas elas vão ter que esperar.

— Esperar pelo quê?

— Até mais tarde.

— Mais tarde, quando?

Earl interrompeu Melody com uma firmeza incomum:

— Existem coisas tão complicadas que para falar sobre elas é preciso encontrar uma hora apropriada.

Os pensamentos e ruminações de Earl tinham adquirido vida própria desde a morte de Marta; pareciam ir para onde queriam, levando-o com eles. Depois da breve conversa com Melody a respeito de Anne, os pensamentos o arrastaram para aquele outono terrível na universidade. Imagens e palavras, sons e sensações corporais amontoavam-se dentro dele. Todos faziam parte de uma única coisa indefinível, e essa "coisa" jazia no âmago de quem Earl era naquela época e quem ele era agora. Não eram memórias que Earl sentia ter a respeito daquele período de sua vida; era mais como se fossem túneis internos através dos quais era puxado de volta para aqueles dias com tal força que era inútil resistir.

160 NOVE

Uma imagem o assombrava mais do que outra qualquer: a visão de Marta entrando no apartamento, naquela escura tarde de inverno, a face sem expressão, os músculos parecendo desligados do que se passava em sua mente. Ela andou um pouco, mas seu passo não era mais o seu passo, não era nem mesmo o jeito que ela andava quando estava exausta ou terrivelmente desanimada, ou furiosa com ele e com o resto do mundo. No momento em que a viu, soube que ela não era mais ela mesma, não na acepção de estar fora de si, mas no sentido de ter morrido.

Earl se aproximou com cuidado para não assustá-la; usou toda a força que tinha para impedir que ela desabasse no chão. Passou o braço direito de Marta em volta de seu ombro e pescoço. Ela o empurrou debilmente, mas ele não retrocedeu. Earl levou-a até o quarto tão gentilmente quanto pode. Sentou-a em um lado da cama, tirou o casaco e as botas dela; deitou-a na cama, a cabeça sobre o travesseiro. O quarto estava iluminado apenas pelos restos do dia, uma luz acinzentada que entrava pela janela e recobria tudo o que tocava como se fosse uma fina camada de fuligem. Earl também tirou os sapatos e sentou no chão ao lado dela, seus braços apenas se roçando. Ficaram assim por um tempo, dormindo um sono leve e entrecortado. O quarto escureceu; a única claridade vinha das formas irregulares que as luzes da rua projetavam no teto.

Ficaram assim por algum tempo até que Earl tentou falar com suavidade:

— Marta, eu sei que algo terrível aconteceu, a pior coisa que já lhe aconteceu. Eu não sei o que é, e nem preciso saber, para perceber que foi terrível.

O corpo de Marta estava rígido e inerte junto ao seu. Continuaram ali em silêncio, por quanto tempo, Earl não saberia dizer.

Não importava. Quando seus braços se tocavam, a sensação era agudamente impessoal.

Algum tempo depois, no meio da noite, Earl se deu conta de que o quarto estava muito frio. Como um cego, tateou o caminho até o armário, tirou dois cobertores da prateleira superior e os estendeu sobre Marta. Enquanto ela dormia um sono que não foi reparador, Earl pegou as botas dela e as colocou no armário, pendurou o casaco no cabide do *hall*, quase como se fosse uma enfermeira arrumando o quarto de hospital de um paciente moribundo. Earl se enfiou embaixo dos cobertores devagar e com cuidado para não perturbar Marta.

À medida que a noite se esvaía, a dor do vazio no peito de Earl foi ficando cada vez mais pungente. Ele acordava de tempos em tempos sentindo essa dor e, de repente, não lembrava mais porque é que a estava sentindo.

Earl acordou e ficou um tempo observando a luz da janela cambiar de um amarelo acinzentado para um branco leitoso; Marta acordou em sobressalto. Ela se engalfinhou com os cobertores como se eles estivessem-na segurando de propósito. Quando conseguiu levantar, olhou para Earl, que ainda estava parcialmente coberto, embora totalmente vestido, no lado oposto da cama. A face de Marta estava pálida e seus olhos encovados. Ela esbravejou:

— O que você está fazendo no meu quarto?

— Ontem, quando voltou para casa, você estava aturdida. Eu nunca tinha visto você assim, antes.

Marta o interrompeu, dizendo:

— Eu não acredito em uma palavra do que você está dizendo. Você não me engana. Eu sei quem você não é.

— Quem eu não sou?

Marta sabia que embora ele se parecesse com Earl e estivesse falando como Earl, ele não era Earl. Será que o tempo todo Earl tinha sido uma pessoa diferente daquela que lhe parecera ser? Ele sempre tivera lábia com ela. Quem quer que fosse esse homem no seu quarto, ele estava tentando lhe vender uma história, de que era ela que tinha mudado e era por isso que ela não o reconhecia. Earl tentou acalmá-la:

— Eu sou o seu marido, você sabe disso.

— Não, eu não sei isso. O que você quer?

— Marta...

Ela o interrompeu berrando:

— Você não me engana.

— Por favor, acalme-se para que possamos esclarecer as coisas.

— Você pode falar o quanto quiser, mas eu estou de olho em você.

— Deixe-me apenas falar duas ou três frases. Então eu paro e você decide se quer continuar me escutando.

O coração de Marta estava palpitando violentamente. Ela não sabia se esse homem estava trabalhando por conta própria ou se estava de combinação com as outras pessoas. Earl considerou a ausência de uma recusa como uma permissão para falar.

— Ontem, no fim da tarde, quando você voltou para casa, você estava em estado de choque. Não sei o que lhe aconteceu, mas foi algo terrível. Você parecia não saber onde estava. Pensei que você precisava descansar e então eu lhe ajudei a ir para cama. Eu fiquei preocupado, então me deitei perto de você. Isso é tudo.

Marta parou de ouvir o que o homem estava falando depois das primeiras palavras que ele pronunciou. A mente dela estava ligada em como se livrar dele. As coisas estavam andando tão rápido que ela não conseguiu pensar em um plano. Olhou o quarto à sua volta, girando a cabeça rapidamente de um lado para o outro.

— Vou embora daqui. O que você fez com as minhas coisas?

— Eu guardei as botas no armário e pendurei o casaco no cabide em frente à porta de entrada.

Marta viu uma porta de armário. A porta estava entreaberta. Ela sentiu medo do que podia estar lá dentro.

— Tire as botas daí.

Earl percebeu claramente que Marta estava estranhando tudo e sentia que tudo era perigoso. Percebeu que estaria fora do seu alcance lidar com ela. Ele abriu a porta do armário e pegou as botas de Marta. Ela sentou na beira da cama, mas estava tão dispersa que teve muita dificuldade para calçá-las. Era como se ela não conseguisse fazer com que a mente e as mãos trabalhassem em conjunto. Earl ouviu quando ela vestiu o casaco, abriu a porta da frente e desceu os degraus com cuidado.

Marta teve a sensação que a escadaria era vagamente familiar e, ao mesmo tempo, tudo lhe parecia novo e de mau agouro. Em cada patamar haveria um homem à espreita para detê-la.

164 NOVE

Finalmente, quando chegou às caixas de correio do térreo, ficou com medo de que a porta dupla da entrada do prédio pudesse estar trancada. Não estava, mas quando ela abriu a porta interna ficou cega pelo brilho do sol que passava através do vidro da porta externa. Como se tivesse levado um tapa na cara, ela deu um salto para trás, incapaz de ver qualquer coisa, a não ser pontos brilhantes de luz colorida. Ela tateou até achar uma parede e se encostou nela. Gradualmente, recuperou a visão e voltou a se aproximar com cuidado da porta da frente. Movimentou-se lentamente, olhando para o chão e com a mão direita estendida à sua frente até tocar o vidro. Ainda olhando para o chão e tateando, percebeu que se tratava do vidro da porta externa de alumínio; então ela a abriu. Uma lufada de vento frio bateu na sua face, algo a que estava habituada; assim, manteve o intuito de fugir. Na rampa, Marta ergueu os olhos lentamente e viu uma rua à frente de seu prédio; do outro lado, ela viu um emaranhado de caminhos em que a neve tinha sido retirada e empilhada de ambos os lados. Além das árvores de galhos nus, Marta pode divisar vagamente os prédios.

Ela atravessou a rua cuidadosamente e decidiu virar à esquerda, na trilha que corria paralela à rua. Ela não sabia se esse era o caminho mais seguro e teve um sobressalto quando um carro a ultrapassou, fazendo um silvo forte ao rodar velozmente pela superfície negra e brilhante da rua molhada. O ar estava cheio de ruídos ameaçadores. Os passos de suas botas amassando a neve soavam como o estalido de bombinhas. As árvores rumorejavam como se tentassem falar, quando o vento golpeava os seus ramos nus uns contra os outros. Um homem vestindo um longo sobretudo caramelo apareceu subitamente no lado oposto da rua, andando na mesma direção que ela. Ele andava exatamente no mesmo ritmo que ela, passo por passo. De longe, através do espaço entre o gorro cinza escuro que cobria a testa e a echarpe marrom que cobria o nariz e boca, o homem olhou diretamente para ela. Marta deu meia volta e voltou rapidamente por onde tinha vindo. Ela não conseguia tirar da mente a imagem dos olhos daquele homem. Quando conseguiu se recompor o suficiente para olhar em volta, ele tinha desaparecido e ela estava perdida. Ela não sabia se tinha ultrapassado o prédio de onde saíra. Parou, paralisada de medo.

Earl ficara observando Marta pela janela da cozinha do apartamento. Ele a viu dar meia volta em direção ao prédio. Ela não tinha a chave da porta da frente, então ele desceu para destrancá--la, mas descobriu que a porta tinha ficado aberta. Ele fingiu estar pegando a correspondência nas caixas de correio ao lado da porta de entrada. Depois de esperar um minuto ou dois, Earl saiu para a rampa frontal. Viu que Marta estava parada do outro lado da rua e a menos de trezentos metros de distância à sua direita. Earl percebeu que ela estava perdida, mas decidiu não ir até onde ela estava; em vez disso, deixou que ela o visse e viesse até ele. Aturdida, Marta caminhou até Earl. Quando ela finalmente chegou, passou por ele no *hall* do térreo, subiu os quatro lances de escada, entrou no apartamento cuja porta estava aberta, foi para o quarto e trancou a porta. Quando Marta entrou no quarto, Earl foi até a cozinha e telefonou para o Centro de Saúde da Universidade pedindo para falar com o psiquiatra de plantão. A mulher que o atendeu pediu que Earl deixasse um número de telefone para que o médico pudesse ligar de volta. Dez minutos depois, o telefone tocou. O psiquiatra se apresentou como o Dr. Hensley e perguntou que relação Earl tinha com a mulher cujo comportamento estava alterado. Earl disse que era o marido e que estavam casados há seis semanas. O Dr. Hensley pediu que ele descrevesse o comportamento dela. Earl falou baixinho para Marta não escutar. O psiquiatra falou para ele levá-la até o centro de saúde e disse que os encontraria lá em meia hora. Earl falou que tinha certeza que Marta se recusaria a ver um médico ou acompanhá-lo a qualquer lugar. O Dr. Hensley pareceu contrariado com isso. Earl acrescentou que queria evitar uma luta física a qualquer custo, porque Marta estava grávida.

O psiquiatra respondeu exasperado:

— Grávida! Por que você não me falou isso logo? Nesse caso, não tenho escolha. Vou chamar uma ambulância e mandá-la para o endereço que você me deu. Vocês dois estão aí agora, certo?

— Sim, estamos. Mas não sei se a sua conduta, de querer levá-la ao centro de saúde contra a vontade, está correta. Garanto que haverá luta física.

— É para isso que os paramédicos estão treinados – para lidar com essas situações de forma calma e sensível, mesmo com pacientes aterrorizados que acreditam estar sendo sequestrados.

— Como devo prepará-la para a chegada dos paramédicos?

— A melhor preparação é não prepará-la. Não lhe diga nada até eles chegarem. Eles vão tirá-la daí. Eu encontro você e sua esposa no Centro de Saúde daqui a meia hora.

— Posso ir com ela na ambulância?

— Se ela ficar mais calma com a sua presença, sim. Se ela ficar chateada com a sua presença, não.

Em menos de cinco minutos Earl viu a ambulância se aproximar. Não havia sirene ligada nem luzes piscando. Ele desceu até a porta da frente para recebê-los. Tanto o homem como a mulher estavam vestindo grossas jaquetas de um azul-escuro, com a insígnia da companhia de ambulâncias bordada no alto da manga direita.

Depois de se apresentarem, o homem perguntou:

— Onde a senhora está agora?

— Ela está em nosso apartamento no quarto andar, dentro do quarto e com a porta trancada.

— Tudo bem, nós vamos subir, mas eu quero que você faça o seguinte: vamos ficar bem quietos. Não queremos assustá-la mais do que já está. Você vai bater suavemente na porta do quarto e perguntar se pode entrar para falar com ela. Provavelmente ela vai perguntar, "sobre o quê"? Então você vai dizer algo assim, "sobre nós dois tentarmos resolver as coisas. Para ajudar você a ficar menos assustada". Depois disso, não sei o que pode acontecer e você vai fazer o que for capaz. Nós vamos ficar ao seu lado, para passar um bilhete ou falar algo no seu ouvido. A regra principal é: não minta! Se você mentir, ela vai perceber imediatamente e então as coisas vão desandar rapidamente. Nós estamos aqui para tentar ajudá-la a esclarecer as coisas e se sentir menos assustada por meio da verdade; e estamos fazendo todo o possível para ajudá-la a chegar a um lugar aonde ela vai se sentir mais segura. Você quer fazer alguma pergunta?

— O que vai acontecer se ela não destrancar a porta do quarto?

Foi a paramédica que respondeu:

— Essa é uma boa pergunta, e é o pior cenário possível; pois como é um quarto de dormir, e não um armário, deve ter uma janela que fica quatro andares acima do solo. Sempre existe a possibilidade de ela tentar fugir pela janela. Para evitar danos físicos severos ou até morte, nós vamos ter que arrombar a porta. Mas raramente precisamos fazer isso. Você tem mais alguma pergunta?

— Não, não tenho.

Earl bateu suavemente na porta do quarto e disse:

— Marta, sou eu, Earl. Você está bem?

Nenhuma resposta.

— Marta, eu queria falar com você.

Silêncio.

— Marta, eu sei que algo terrível aconteceu e você não tem certeza em quem pode confiar, então fica difícil acreditar em qualquer coisa que eu diga. Mas espero que em algum lugar dentro você saiba, de verdade, que eu nunca faria nada que pudesse machucar você.

Nenhuma resposta.

— Marta, apenas faça algum barulho para que eu saiba que você está aí dentro e que não estou falando sozinho.

Nenhuma resposta.

O paramédico mostrou a Earl um cartão onde estava escrito "Só mais algumas tentativas. Não é seguro demorar muito".

Earl tentou mais uma vez:

— Marta, eu lhe imploro. Por favor, deixe-me entrar, eu quero ajudar você.

Earl fez mais duas tentativas sem sucesso; o paramédico apoiou o corpo contra a porta e fez tanta força que os parafusos que seguravam a velha fechadura saltaram fora. Ele abriu a porta devagar. Marta estava encolhida no chão, no canto mais distante do quarto, com os joelhos dobrados sobre o peito. A paramédica entrou com Earl; ele falou:

— Marta, nós precisamos de ajuda. Esta senhora que está aqui e um bom homem que está no corredor vão nos levar para o Centro de Saúde para termos auxílio. Eu vou ficar com você o tempo todo.

Earl se ajoelhou e sua cabeça ficou um pouco acima da cabeça de Marta. Ela se afastou e olhou fixamente para ele com raiva e medo. Ele ofereceu:

— Deixe-me ajudá-la a ficar de pé.

Ela se distanciou ainda mais.

— Então me deixe sentar um pouquinho aqui, perto de você. Vou pedir para esta senhora esperar lá fora, no corredor.

A paramédica saiu.

Earl sentou no chão, ao lado de Marta.

— Você deve estar muito cansada e precisa de um lugar seguro para descansar. Eu prometo que não vou deixar ninguém machucar você. Eu nunca menti para você e nunca vou mentir. Vamos levantar e sair. Os paramédicos não vão lhe machucar, eu prometo.

Earl ficou de pé e ofereceu a mão à Marta. Repetiu:

— Deixe-me ajudá-la a ficar de pé.

Marta recusou a mão que Earl lhe estendera e levantou sozinha. Earl não ousou tocá-la, por medo de que ela pudesse sentir que ele a estava coagindo ou algo pior. Uma vez fora do prédio, Earl subiu primeiro na parte de trás da ambulância e estendeu a mão para ajudar Marta a subir os degraus. Novamente, ela recusou a sua mão e subiu sozinha. Eles sentaram juntos no banco macio, na lateral direita. Apenas a paramédica entrou com eles. A face de Marta estava totalmente inexpressiva. O percurso até a entrada de ambulâncias no Centro de Saúde levou apenas alguns minutos. O paramédico dirigiu muito devagar.

Uma enfermeira do Centro de Saúde estava esperando a ambulância do lado de fora. Ela se apresentou e acompanhou Earl e Marta até a sala de entrevista. Quando eles entraram na sala, o Dr. Hensley, que estava sentado atrás de uma escrivaninha de madeira, ficou de pé e se apresentou. Ele os convidou a sentar em duas cadeiras de madeira à sua frente. Estava mais gentil do que quando falara com Earl no telefone. Marta ficou quieta enquanto Earl informava ao doutor aquilo que sabia. O Dr. Hensley perguntou a Marta como ela estava se sentindo. Ela olhou para ele com indiferença. Ele não a pressionou para responder; em vez disso, falou para esperarem alguns minutos enquanto ele ia verificar a disponibilidade de leitos.

Na volta, o Dr. Hensley pediu que Earl e Marta o acompanhassem para conhecer a psiquiatra que cuidaria de Marta. Agora, ela estava quase tão desvitalizada quanto na tarde anterior, quando entrara cambaleando no apartamento. O Dr. Hensley pressionou o botão que ficava no batente externo das duas portas de metal recobertas de material plástico da Enfermaria 3B. A porta foi destrancada e eles entraram. Earl achou o espaço da enfermaria surpreendentemente confortável. Havia um carpete amarronzado – ele imaginara encontrar uma porção de linóleos brilhantes – e a mobília era de madeira, não de plástico. A sala central tinha janelas dos dois lados. Havia dois corredores saindo da sala principal que,

Earl presumiu, levavam aos quartos. O posto de enfermagem, encaixado no canto vizinho à porta, era rodeado de um balcão amplo e alto.

Eles foram saudados pela Dra. Anders, uma loira mignon, de aproximadamente cinquenta anos de idade e um sotaque que parecia escandinavo. Ela os convidou para conversar em uma sala muito parecida com a de admissão, mas com duas janelas amplas; afixadas nas paredes, fotografias da natureza em preto e branco ladeando os diplomas da Dra. Anders. Ela se dirigiu o tempo todo para os dois, Earl e Marta, mesmo depois de ter ficado claro que Marta não estava reagindo. Earl respondeu a todas as perguntas durante mais de uma hora. Então, a doutora disse que eles não podiam se arriscar a prejudicar o feto. A Dra. Anders explicou que Marta precisava ser internada, mesmo que à revelia, por um período de três dias e que esse tempo podia se prolongar para dez dias, caso a situação exigisse. Perguntou se Marta tinha entendido o que ela explicara. Marta olhou através da médica. Ela perguntou o mesmo a Earl, e ele disse que havia entendido.

A Dra. Anders falou para Marta:

— O seu estado de muito medo e confusão pode ter resultado de uma experiência traumática; mas nem sempre é o caso. Isso pode estar se desenvolvendo há anos ou pode ter sido uma reação a alguma droga.

Earl assegurou a Dra. Anders que Marta nunca tinha usado nenhuma droga, nem mesmo bebidas alcoólicas.

A Dra. Anders disse que queria falar em separado com Earl e com Marta. Ela explicou que iria começar por Marta enquanto Earl esperava na enfermaria.

172 NOVE

Depois que Earl saiu, a Dra. Anders disse a Marta:

— Eu vou ser a sua médica aqui no hospital e depois, se você quiser. Nós vamos nos encontrar aqui na minha sala pelo menos uma vez por dia, todos os dias, e vamos nos encontrar sempre que você quiser, mesmo que a gente não converse. Você é livre para falar ou ficar em silêncio. Você já se apresentou a mim do seu próprio jeito, e deixou claro que está aterrorizada. Eu sei que você está se sentindo tão assustada que ficou sem palavras; de alguma forma, você desistiu de procurar o caminho de volta às palavras e às pessoas; vai ser bom se tiver qualquer palavra ou qualquer outro meio de falar comigo, mas vou entender se você não conseguir ou não quiser.

Marta pareceu ficar perplexa com a Dra. Anders. Seus olhos pareciam pedir para deixar a sala. A Dra. Anders acompanhou Marta até o posto de enfermagem onde uma enfermeira vestida em roupas comuns, sem uniforme, disse que iria mostrar para Marta as diferentes partes da enfermaria.

A Dra. Anders acenou para Earl entrar na sala. Começou perguntando se Earl queria dizer alguma coisa que não pudera dizer na frente de Marta. Earl falou que eles tinham decidido casar depois de Marta ter descoberto a gravidez. Ele descreveu a extrema reserva de Marta a respeito da família dela e como era isolada; contou como de repente, em junho, a irmã com quem Marta estava rompida aparecera; falou da amizade que se desenvolveu entre eles.

Quando a Dra. Anders começou a formar uma imagem mental da vida do jovem casal, disse:

— Há uma série de coisas que eu não quis discutir enquanto Marta estava aqui. Primeiramente, colapsos do tipo que a sua esposa está apresentando podem ser causados por uma grande variedade de doenças físicas. Nós vamos examiná-la extensamente. Se essa é uma reação a droga, a droga não precisa ser uma droga de rua; pode ser uma medicação que foi receitada por alguém, ou algo assim. Também, como você disse que Marta é uma pessoa extremamente reservada, peço que procure cuidadosamente qualquer coisa que possa apontar para uma fonte de trauma psicológico, tais como registros de consulta médica que poderiam estar relacionados a aborto ou doenças. Talvez tenham ocorrido problemas familiares ou acadêmicos que ela guardou para si mesma. Esse não é o momento para você se preocupar em ser ou não intrusivo.

Tem mais uma coisa que eu não quis discutir na presença de Marta. Por causa do estágio inicial da gravidez – bem, nós iremos checar os níveis hormonais para determinar o *status* da gravidez – não posso usar medicamentos até que tenhamos a chance de ver como Marta reage às conversas com a equipe de enfermagem e comigo; e como ela responde à experiência de estar na enfermaria por um tempo. Alguns pacientes acham a enfermaria um lugar seguro e se sentem aliviados de estar aqui. Outros sentem como se estivessem trancafiados em uma prisão, mas é claro que esses medos podem mudar à medida que o tempo passa. Bem, agora você tem alguma pergunta para me fazer?

Earl fez uma pausa e então perguntou:

— Eu sei que você não é adivinha, mas queria saber se na sua experiência já viu casos como o de Marta, e quais são as chances que ela tem de se recuperar?

— Eu gostaria de dar a você uma resposta definitiva, mas não posso. Nesse ponto, eu não consigo nem mesmo fazer um diagnóstico. Vai demorar um pouco para conseguirmos fazer isso; e você

174 NOVE

tem de lembrar que a experiência pela qual Marta está passando agora, qualquer que seja a causa, é traumática em si mesma e modifica uma pessoa, como todos os traumas o fazem. Peço desculpas por estar usando o termo técnico trauma. O que quero dizer é que o que Marta está passando agora – seja uma resposta a um evento real, como um estupro ou ter testemunhado um assassinato; ou a um evento imaginário, como o sentimento de estar literalmente se afogando em seus próprios pensamentos – é uma experiência terrível, que já muda a vida.

Depois de se despedir de Marta, que o olhava com indiferença. Earl deixou o hospital através de amplas portas de vidro de correr da entrada da frente. Era mais tarde do que ele imaginara, tarde da noite. Cada um dos postes da rua estava envolvido por um globo de ar frio e úmido, difusamente iluminado.

Dez

Randy Larsen ficou admirado com o habilidade com que Anne o dispensara; ainda nesse dia, um pouco mais tarde, alguém lhe disse o sobrenome dela. Ele nunca encontrara uma mulher tão segura de si. Quando Randy repassou a conversa que tiveram, ficou constrangido e também intrigado. Ele desejou ter tido a presença de espírito para ter respondido: qual seria a hora mais adequada para conversarmos? Ficou remoendo as palavras que poderia ter usado – a expressão "hora mais adequada" teria soado como se ele fosse um delegado caipira tentando se passar por "educado"? Ele chegou a pensar em segui-la depois da cerimônia ou mandar alguém fazê-lo, mas descartou a ideia. Era difícil relacioná-la com a morte de Marta, como também era difícil compreender o papel de Earl no evento. Ele observou que ela e Earl não haviam se falado e pareciam ter se ignorado. Não é raro que parentes deixem de se falar. Mas essa mulher era o único membro da família de Marta presente no funeral, o que fez Randy pensar em uma família

176   DEZ

dividida, com Anne, Marta e Earl, talvez, do mesmo lado. Quando Randy falou com o senhor Noel, pai de Marta, ele não mostrou a menor disposição para vir ao funeral e disse não saber se a filha mais nova, de trinta e poucos anos, ainda estava viva, como se fosse para ela não existir. Earl e os filhos também não haviam mencionado que Marta tinha uma irmã. E, apesar disso, Anne não estava se escondendo. Aliás, muito longe disso. Ela se vestia de um jeito discreto, mas que chamava bastante a atenção. Durante a busca na casa de Earl, um dos delegados percebera algo que, na visão de Randy, juntamente com outros aspectos, não se encaixava bem no caso; pois para ele, agora, tratava-se claramente de um "caso". O oficial achara contas recentes de gás, eletricidade, alimentação, peças de trator e coisas desse tipo, assim como os holerites do salário de Marta na lanchonete. Mas não encontrara nenhuma conta telefônica recente. Quando indagou a esse respeito, Earl respondeu que jogava fora as contas que pagava, a menos que precisasse delas para a contabilidade do negócio.

Com a permissão de Earl, o delegado solicitou à companhia telefônica um registro das ligações feitas da casa dele nos últimos três meses. Os registros foram entregues prontamente e mostraram duas ligações com o código de área de Chicago, feitas do telefone de Earl nos dois dias subsequentes à morte de Marta. As chamadas eram longas e caras; tinham sido feitas tarde da noite. Nenhuma chamada de longa distância fora feita nos meses anteriores à morte de Marta. Na mente de Randy, as ligações só podiam ser para Anne. Ele imaginou que Earl não se arriscaria a ligar de casa para Anne quando Marta estava viva, por medo que ela pudesse escutá-lo ou perceber as ligações na conta de telefone.

Randy continuou lucubrando. Se Earl telefonava para Anne enquanto Marta ainda vivia, provavelmente ligava a cobrar de telefones públicos próximos à fazenda dos Bromfman. Esses registros seriam mais difíceis, mas não impossíveis, de se conseguir. Randy pensou se tinha criado essa "teoria conspiratória" para se vingar de Anne, por ela ter feito com que ele se sentisse um caipira bobalhão que bancava o detetive.

Earl também estava preocupado com Anne. Quando ela entrou na igreja, ele teve a sensação que ela preenchia todo o espaço. A presença de Anne foi a única coisa que ele sentiu como real e viva. Mas, ao mesmo tempo, ele sentia que já vivera a sua vida e que era tarde demais para fazer qualquer mudança significativa.

Ele fora forçado a entrar na vida adulta prematuramente, quando Marta engravidou e eles se casaram. Não haviam criado junto os filhos, tinham-nos criado apenas na mesma casa; agora ele estava enterrando Marta. Se houvera uma intersecção em seus ciclos de vida, agora o dela tomava outro rumo. Anne desempenhara um papel central na vida que Earl tivera com Marta, um tempo que já fora vivido e agora findara.

Earl sabia que não estava morto e que a sua vida não terminaria com a de Marta. Anne ainda mexia com ele com a mesma força com que mexera no primeiro encontro, há dezesseis anos. Do mesmo modo, a profunda tristeza que sentia agora era tão real como aquela que sentira ao voltar para o apartamento do ático na noite em que Marta fora hospitalizada no Centro de Saúde da Universidade.

Ele voltara para casa por volta das onze da noite, quase domingo de manhã. O apartamento estava mais silencioso do que de costume. Naquele momento, pareceu surreal pensar que, horas antes, ele e dois paramédicos tinham ficado no *hall* tentando fazer com que Marta respondesse; ela podia ter se matado, pulado da janela do dormitório no quarto andar. Earl não se espantaria se ela tivesse feito isso. Marta não era mais Marta; era uma mulher que não parecia mais, de forma alguma, ser gente. Naquela noite, Earl sentiu que precisava conversar com alguém e que não havia nenhuma outra pessoa, a não ser Anne, com quem ele poderia conversar sem trair a privacidade de Marta. Mas assim mesmo considerou que podia estar usando o colapso de Marta como pretexto para ligar para Anne.

Quando ela atendeu, as palavras jorraram da boca de Earl:

— Anne, Marta está no hospital agora. Ela teve algum tipo de colapso mental; ontem, quando voltou para casa na hora do jantar, parecia um zumbi. A sua face estava inexpressiva. Ela não falava e mal conseguia ficar em pé. Eu a ajudei a ir para a cama e fiquei ao lado dela a noite inteira, esperando que depois de dormir um pouco ela estivesse melhor. Mas quando ela acordou, estava pior. Ela não acreditava que eu era quem estava dizendo que era, ou seja, eu mesmo. Entrei em contato com um psiquiatra do centro de saúde da universidade. Depois que eu lhe contei o que aconteceu, ele chamou uma ambulância. Os paramédicos vieram aqui e levaram Marta para uma enfermaria psiquiátrica fechada. Eu a acompanhei na ambulância. Ela não parecia saber quem eu era, quem ela era e o que era uma ambulância.

— Earl, fique calmo. Conte tudo o que aconteceu desde o começo, devagar. Não há pressa.

— Está certo, sem pressa.

— Então, vá devagar. Conte tudo, desde o começo.

Pela quarta vez naquele dia, Earl contou a mesma história, mas não como algo repetitivo. Cada vez que ele contava a história, enxergava as coisas de um ângulo diferente e então conseguia contá-la de um modo diferente. Desta vez ele contou a história a partir do que tinha acontecido naquele dia com ele, e não com Marta. Ele e Anne conversaram por mais de duas horas, ambos sentindo a liberdade de dizer tudo que o queriam e perguntar tudo o que queriam, também. Não houve limite de tempo.

Alguns dias depois de Marta ter sido internada, a Dra. Anders autorizou que Earl a visse no horário de visitas. Ela avisou-o para não esperar por grandes mudanças. Earl visitou Marta todos os dias em que ela esteve internada. Durante as visitas, Marta sentava-se imóvel e impassível em uma das cadeiras da área externa da enfermaria e Earl sentava perto dela. As duas cadeiras pareciam flutuar em mar aberto, sem que houvesse terra à vista ou se soubesse que rumo tomar. Às vezes, ele tentava contar para Marta as coisas que tinha lido nos jornais, sem esperar resposta; de fato, não obtinha nenhuma. Outras vezes, ele apenas ficava em silêncio ao lado dela. Depois de algumas semanas, uma mudança impactante ocorreu no corpo de Marta, aparentemente da noite para o dia, entre uma visita e outra. O corpo de Marta, que estava flácido e sem vida, foi ganhando tônus; agora, os nós dos dedos ficavam esbranquiçados quando ela segurava nos braços da cadeira em que sentava; os músculos da mandíbula ficavam salientes quando ela cerrava os dentes; o olhar não parecia mais vazio como de um pássaro morto, ela o condenava com os olhos; pelo quê, ele nunca soube, talvez apenas por ser ele mesmo.

Earl não mencionou essa mudança para Marta, mas falou para a Dra. Anders que estava preocupado, pois achava que ela estava piorando, ficando paranoide e maluca como quando ele procurou o centro de saúde pela primeira vez.

180   DEZ

A Dra. Anders observou:

— Acho que o que você está percebendo expressa que Marta, gradualmente, está voltando à vida e ao mundo dos vivos. Mas o mundo para o qual ela está voltando ainda é um lugar aterrorizador, um lugar que ela odeia. A boa notícia é que, se nada de muito importante aconteceu enquanto ela esteve aqui, o mundo para o qual ela está voltando não é exatamente o mesmo lugar que ela deixou. Pode ser um pouco menos assustador e menos digno de seu ódio.

O medo e a raiva que Marta sentia não eram novidade para Earl. Ele os percebera desde o primeiro dia que a conheceu. Mas alguma coisa devia tê-la transtornado no dia do colapso. Earl adiou por semanas o que a Dra. Anders lhe pedira na primeira conversa – vasculhar o apartamento à procura de pistas que pudessem esclarecer o que tinha ocorrido na vida de Marta no dia que ela entrou em crise.

A perspectiva de violar a privacidade de Marta, tão importante para ela, fez Earl sentir-se mal, mas mesmo assim foi em frente. Ele olhou a agenda, as contas e as cartas na escrivaninha e na mochila dela; procurou no armário e nas gavetas da cômoda, mas não achou nada fora do comum. Depois de um tempo, resolveu espairecer caminhando em volta do campus no refrescante ar da manhã. Voltando ao apartamento, enquanto pendurava o casaco no cabide em frente à porta de entrada, Earl notou o casaco de inverno de Marta. Ela estava vestindo aquele casaco de lã na tarde de sexta-feira em que chegara aturdida ao apartamento; e ela o usou quando saiu para caminhar na manhã seguinte, mas não vestia o casaco quando entrou na ambulância. Earl revirou os bolsos do casaco e achou um envelope amassado, enviado pelo escritório da controladoria dois dias antes da crise de Marta. A carta o surpreendeu. Aparentemente, o escritório encontrara alguma questão relacionada à bolsa de estudos de Marta e solicitava, de um modo acusatório, para ela marcar uma entrevista com a finalidade de esclarecer essas questões.

Imediatamente, Earl teve certeza do que ocorrera. Ele não tinha dúvidas de que alguém no escritório descobrira alguma mentira de Marta e usara essa mentira para humilhá-la e, talvez, chantageá-la. Para Marta, nenhuma tortura seria mais diabolicamente efetiva do que ameaçá-la de revelar ao mundo algum de seus segredos. Ele sabia que Marta seria capaz de se matar ou matar quem a estivesse mantendo como refém.

Earl andou de um lado para outro no corredor do apartamento; apertava a carta com a mesma força com que se sentia oprimido pelos próprios pensamentos. Ele pensou em ir até o centro de saúde e mostrar a carta para a Dra. Anders, mas desistiu – ele podia cuidar disso sozinho. Mostrar a carta para Marta apenas a humilharia ainda mais – ela sentiria que todo mundo sabia do seu segredo. Earl imaginou irromper no escritório da controladoria e questionar Francine Gallagher pelo dano que causara. Ele seria visto como um marido histérico procurando um culpado para a insanidade da esposa. Mas, o que mais podia fazer senão questionar a pessoa que humilhara Marta? E se Francine Gallagher fosse apenas uma mulher bondosa, que tentara ajudar Marta, e a própria Marta tivesse se metido em um pelourinho imaginário? Não, isso não era possível. O estado de Marta ao chegar ao apartamento naquela tarde era diferente de qualquer outro em que já a vira. Ele estava convencido de que Marta não pulara do penhasco, fora empurrada. Assim, ele decidiu falar com a Srta. Gallagher.

Earl chegou ao longo balcão no mesmo escritório da controladoria em que Marta estivera semanas atrás; estava calmo e ob-

182 DEZ

servador. Uma fila de alunos se formara, esperando a vez de ser atendidos.

Quando chegou a sua vez, Earl disse:

— Gostaria de falar com a Srta. Gallagher.

A mulher atrás do balcão respondeu:

— Você poderia me dizer o que precisa, para que eu possa lhe dar a indicação correta?

— Recebi uma carta de Francine Gallagher solicitando esclarecimentos sobre alguns assuntos. A carta não era específica.

— Seu nome, por favor.

— Earl Bromfman, B-r-o-m-f-m-a-n.

— Espere um momento.

A mulher foi até uma mesa no canto esquerdo da sala e se inclinou para falar ao ouvido da mulher carrancuda, de meia idade, que estava sentada à escrivaninha. Falaram por mais ou menos um minuto até que a mulher da recepção se endireitou e voltou para o balcão com uma expressão de aborrecimento na face.

— Por favor, sente-se, Sr. Bromfman. A Srta. Gallagher está ocupada no momento, mas vai recebê-lo assim que possível.

Apontou para um dos longos bancos sem encosto e disse: Sente-se, por favor.

Earl teve certeza que haviam pedido a Marta para sentar-se em um desses bancos. Sua mente estava clara de um modo que ele nunca experimentara antes. Não havia nenhum ruído de fundo em sua cabeça. As imagens visuais eram nítidas – o contorno dos objetos era preciso como se tivessem sido desenhados com o mais afilado dos instrumentos. As cores eram vibrantes.

O tempo passou – Earl não soube quanto – até que a mulher da recepção anunciou:

— Sr. Bromfman, a Srta. Gallagher está pronta para vê-lo agora.

Earl levantou e caminhou lentamente, de propósito, para a mesa de canto onde a Srta. Gallagher, apenas movimentando os olhos, o instruiu para sentar na cadeira de madeira preta em frente a ela. Com um sutil gesto de cabeça, sem uma palavras, pediu para Earl explicar o que queria dela.

— Minha esposa, Marta Bromfman, veio aqui vê-la no dia treze de dezembro do ano passado.

Earl fez uma pausa, esperando que a Srta. Gallagher dissesse sim ou não. Ela não ofereceu tal confirmação; em vez disso, olhou para ele como se dissesse, e daí?

Earl não se intimidou e continuou:

— Ela esteve aqui em resposta a uma carta que recebeu de vocês, pedindo esclarecimentos sobre bolsa de estudos.

Mais uma vez, a Srta. Gallagher permaneceu sentada, esperando que ele fizesse uma pergunta.

— Você lembra de ter se encontrado com a minha esposa?

A Srta. Gallagher suspirou como se estivesse entediada por ter de lidar com ninharias que deveriam ter sido filtradas muito antes de chegar até ela.

— Sim, eu me lembro de ter me encontrado com a sua esposa. Por favor, vá direto ao ponto.

Earl, com uma lucidez que sentia quase como surreal disse:

— Por favor, poderia me dizer o que aconteceu naquele encontro?

— Acho que isso é assunto da sua esposa, não seu. Ela protelou lidar com esse assunto por muito tempo. Se ela tem mais perguntas, diga a ela para marcar outro horário com o escritório da controladoria.

— Estou aqui porque, logo após minha esposa ter vindo aqui se encontrar com você, ela teve um colapso mental e foi internada no Centro de Saúde da Universidade, onde está há cinco semanas, completamente muda. Só hoje achei a carta que você lhe mandou e estou aqui para descobrir o que aconteceu quando vocês se encontraram.

— Uma vez que você é o marido, e ela aparentemente está incapaz de lidar por si mesma com esse assunto, vou lhe falar o que aconteceu. Eu informei sua esposa que uma auditoria revelou assinaturas incompatíveis em vários requerimentos para ajuda financeira. Eu simplesmente fui a mensageira, mas as pessoas, desde tempos imemoriais, ficam propensas a matar o mensageiro.

— Poderia me dizer o teor desse encontro?

— Foi há algum tempo. Pelo que me lembro, primeiro a Sra. Bromfman evitou falar das falsificações nos formulários da bolsa, mas depois admitiu ter forjado a assinatura do pai. Tudo ficou muito claro. O que pareceu abalá-la foi o fato de a controladoria ter feito as próprias investigações e, ao falar com o pai dela, ter descoberto que ele não assinara nenhum requerimento para ajuda financeira – acredito que ocorreram sete falsificações em um período de quatro anos.

Earl ficou quieto por alguns momentos, sua mente ainda estava estranhamente clara. Depois falou:

— Srta. Gallagher, nós dois sabemos que você está mentindo por omissão. O que você está deixando de fora de seu relato é o imenso prazer que teve em torturar minha esposa, cuja agonia ficou claramente visível para você. Você teve um prazer especial, como pude ver em sua face há poucos momentos, em desfechar o golpe mortal – ter informado o pai dela das falsificações que ela fez – como se fosse apenas um detalhe sem importância, em meio a tantos outros. Eu posso apenas imaginar o quão delicioso foi esse momento para você – você e o pai dela combinados no gozo de causar a dor que quieta e eficientemente demoliu minha esposa. Você sentiu a excitação de dar o xeque-mate em um jogo no qual finge ser uma mera observadora – a "mensageira" como você colocou. Eu imagino como alguém feito você consegue conviver consigo mesma – talvez ficando cega para quem você é de fato por meio de uma série contínua de mentiras, autoenganos nos quais você acredita na maior parte do tempo. À noite, nas horas de silêncio, acho que nem você consegue acreditar nas suas mentiras; talvez então você sofra um pouco da dor que trouxe a tantas pessoas, por tantos anos. Que vergonha, Srta. Gallagher, que vergonha!

186   DEZ

Francine Gallagher ficou sem fala. Nunca haviam falado com ela de forma tão insolente. Earl levantou, sem desviar o olhar dela, empurrou a cadeira de volta ao lugar, virou-se e andou até a porta escura de carvalho do escritório da controladoria. Seu coração não estava batendo forte, seus joelhos não tremiam. A sua mente nunca estivera tão clara.

Earl caminhou por um longo tempo, andando de um lado para o outro no campus, imerso em pensamentos. De certa forma, ele se sentia satisfeito, mas não triunfante; pois ele estava bem cônscio de que não conseguira mudar nada. Ele não era tão ingênuo a ponto de pensar que tinha desfeito ou corrigido o dano cometido. Essa não tinha sido a sua intenção. Qual então tinha sido o seu objetivo? Punir a Srta. Gallagher? Isso não podia ser feito. Arrancar desculpas ou algum sinal de preocupação por parte dela? Impossível. Falar o que devia ser falado para a pessoa a quem devia ser falado – gostaria de acreditar que essa fora a sua intenção. Mas, com toda a franqueza, Earl não sabia dizer por que falara com a Srta. Gallagher daquele jeito. Estranhou o fato de não ter ficado assustado. Ele não tinha ensaiado o que ia dizer a ela. De fato, ele não sabia o que ia dizer até ouvir as palavras saindo de sua própria boca. Ele estava feliz de ter feito o que fez; mas sabia que para a Srta. Gallagher ele era apenas mais um adolescente--que-se-acha-santo tendo uma crise de birra, algo que quem trabalha na universidade sabe que acontece vez ou outra. Sem dúvida, ela o vira como um meninão que precisava culpar alguém pelo seu erro, de casar tão cedo e com uma mulher mentalmente doente.

Earl duvidava se algum dia contaria para Marta o encontro que tivera com a Srta. Gallagher – por que ele a estava chamando de Srta. Gallagher? Parecia um menino do quarto ano primário falando com a professora. Ele fez o que fez porque era a coisa certa de se fazer – certa, porque lhe parecia certa. Earl queria muito acreditar nisso. Continuando a caminhar, começou a chorar de tristeza por Marta. Ela sofrera muito mais do que uma pessoa devia sofrer. Ela não merecia isso, mas que ele sabia que sofrer e merecer raramente tinham relação entre si.

Essa noite, pela primeira vez desde o início da crise de Marta, há mais de um mês, Earl dormiu profundamente. Na manhã seguinte, ligou para a secretária da Dra. Anders para saber se podiam conversar um pouco.

Eles se encontraram em uma sala fora da enfermaria, para que Marta não pensasse que estavam conspirando contra ela ou que a Dra. Anders estivesse contando a Earl os segredos que ela tinha descoberto lendo a mente de Marta.

Earl entregou à Dra. Anders a carta enviada por Francine Gallagher, que achara no bolso do casaco de Marta. Depois que ela terminou de ler a carta, Earl contou a conversa que tinha tido com a Srta.Gallagher, em que ela confirmou ter se encontrado com Marta pouco antes do seu colapso mental e físico; e que ela disse que primeiro Marta tentara negar ter falsificado a assinatura do pai nos requerimentos da bolsa de estudos, mas depois admitira ter feito isso. E que ela contou a Marta que tinha conversado com o pai dela e que este dissera que não tinha assinado os formulários, humilhando e assustando Marta da pior maneira possível. Earl disse que não sabia se a Srta. Gallagher ameaçara expulsar Marta da universidade, mandar prendê-la por falsificação ou alguma outra acusação.

Depois que Earl terminou de dizer o que descobrira, ele e a Dra. Anders permaneceram em silêncio. Durante esse silêncio, Earl sentiu – suspeitou que a Dra. Anders sentiu o mesmo – que ele tinha descoberto informações diretamente relacionadas à crise de Marta, mas que aquilo não mudaria nada. Ele conhecia Marta tão bem que sabia, desde o início, que algo acontecera e que isso a expusera e humilhara terrivelmente. Não pudera dizer exatamente qual forma de exposição ocorrera, mas isso de fato não importava. Earl considerou que em uma história de detetive, no momento em que se revela uma pista, o vilão sempre é preso; e a prisão do vilão devolve a vida das personagens a um estado exatamente igual ao que era antes do crime. Earl percebeu que acreditara, porque quis acreditar, que as pessoas podiam ficar "bem" – bem querendo dizer o mesmo que antes – depois de terem sido submetidas a coisas horríveis.

A Dra. Anders quebrou o silêncio e disse:

— Obrigada por ter feito todo o possível para nos ajudar a ter um quadro do que aconteceu na tarde em que Marta entrou em colapso. Quanto mais soubermos sobre o que ela passou, menos sozinha ela estará nisso.

Earl discordou.

— Acho que até agora Marta esteve tão sozinha, e por tanto tempo, que sempre estará sozinha, não importa o quanto eu ou você soubermos.

Nos meses que seguiram, Marta permaneceu voluntariamente na Enfermaria Psiquiátrica do Centro de Saúde da Universidade – ou seja, em vista de seu mutismo, ela não fez nenhum esforço ou pedido escrito para ter alta. A Dra. Anders providenciou os documentos para Marta obter uma licença médica da universidade. A gravidez de Marta foi monitorada cuidadosamente; de acordo com a Dra. Anders, as altas doses de medicamentos antipsicóticos e antidepressivos que ela prescreveu não continham riscos conhecidos para o feto – qualquer que fosse o significado disso. Earl não tinha certeza se Marta estava consciente de estar grávida.

Onze

Nas semanas seguintes ao surto de Marta, Earl ficou tão esgotado que pouco conseguiu fazer além de assistir algumas aulas, visitá-la e dormir. Falava com Anne duas vezes por semana. Nesse período, Anne abordou um assunto delicado.

— Eu sei que você está tendo que lidar com um monte de coisas e eu não quero lhe sobrecarregar ainda mais. E não quero ser intrusiva. Sei que o que vou dizer vai soar terrivelmente egoísta, mas me sinto extremamente sozinha. Sinto como se tivesse perdido os únicos amigos de verdade que jamais tive. Você consideraria a possibilidade de eu continuar passando os fins de semana aí? Sei que pode parecer que estou tentando roubar o marido da minha irmã enquanto ela está hospitalizada. Isso é tudo. Foi difícil fazer esse pedido.

Ao pedido de Anne seguiu-se um longo silêncio quebrado apenas pelos ruídos da linha telefônica, que pareceram mais intensos.

190 ONZE

Earl ficou apreensivo com o fato de Anne passar os fins de semana a sós com ele, podendo dar aos outros a impressão que eles estavam sendo descarados e de estarem traindo Marta de um modo horrível. Com certeza, quando ela soubesse, perderia as estribeiras. Mas ele estava cheio de ficar se preocupando com o que podia ou não deixar Marta chateada. Naquele momento, jurou que não permitiria que a insanidade de Marta ditasse como ele deveria viver. O que quer que houvesse entre ele e Anne seria de sua inteira responsabilidade, e ele teria de prestar contas a si mesmo e a mais ninguém. Então ele respondeu a Anne:

— Vai ser bom ver você.

Anne bateu à porta do apartamento, apesar de ter a chave e de tê-la usado nos últimos oito meses para entrar por conta própria. Após um primeiro período de constrangimento, eles se adaptaram a conviver sem Marta no apartamento. Para Earl, foi uma mudança bem-vinda; podia falar abertamente sobre o que quisesse, na hora que quisesse, e tinha respostas honestas e cuidadosas em troca; Anne sentiu-se imensamente grata a Earl, por permitir que ela voltasse a fazer parte da vida que ele e Marta tinham construído. Mesmo tão cheia de falhas como a vida era, era a melhor família que Anne já tivera.

Earl percebera imediatamente, desde o primeiro encontro no início do verão passado, que Anne não era só uma mulher extremamente *sexy*; ela tinha uma mente muito ágil, muito mais rápida que a dele. Ele conseguia usufruir da inteligência e presença de espírito de Anne, mas a sensualidade dela era um desafio importante, pois agora, para todos os efeitos, eles estavam vivendo juntos sem a vigilância de Marta.

Earl, que nunca pensara em si mesmo como alguém que podia ser agradável – muito menos engraçado – descobriu que ele e Anne, imperceptivelmente, tinham desenvolvido um jeito de transformar situações corriqueiras em esquetes de comédia. Certa tarde, Anne e ele conversavam e ouviam música na sala. Earl se encaminhou até a porta, para sair da sala; Anne falou:

— Você feche a porta?

Ele retrucou, sem pestanejar:

— Feche a porta, *o quê*?

Pegando a deixa, Anne disse:

— Feche a porta *agora*!

Eles acharam isso extremamente engraçado, como sempre acontece quando duas pessoas estão apaixonadas.

Embora Earl e Anne passassem todos os fins de semana juntos, ela usava o quarto de Marta e Earl o dele. Em certo sentido, eles poderiam dizer honestamente que não tinham relacionamento sexual. Nunca haviam se beijado ou mesmo ficado de mãos dadas. Mas ambos sabiam que não era verdade pensar que não havia um relacionamento sexual. Raramente, quando caminhavam ou preparavam uma refeição na cozinha, os ombros ou braços se tocavam; mas quando esse inadvertido toque corporal ocorria, as sensações que percorriam cada um deles eram quase que explosivas, mesmo que ambos fingissem que nada fora do comum acontecia. O relacionamento sexual deles estava plenamente vivo de uma miríade de maneiras: no timbre de voz de Earl, quando chamava Anne; na dança erótica que ela fazia – uma dança mais *sexy* do que tango – quando calçava os sapatos, equilibrando-se

192 ONZE

em um pé descalço e deslizando o outro no sapato e levantando a perna dobrada para trás (nenhum macho é capaz de fazer essa dança, Earl dizia a si mesmo); e talvez, o movimento mais estonteantemente excitante era quando Anne passava a mão no cabelo, pondo atrás da orelha a mecha rebelde que, de tempos em tempos, caía na frente de seus olhos (o gesto feminino consumado, Earl pensou). Um relacionamento sexual desse tipo é tão antigo quanto a raça humana, e é tão ou mais excitante do que qualquer coisa que ocorre com duas pessoas na cama. Anne e Earl permitiam que esse tipo de relação sexual ficasse incandescente porque ambos sabiam, ou assim acreditavam, que nenhum deles jamais permitiria que ela se concretizasse.

No decorrer das visitas diárias, Marta muito gradativamente tornou-se capaz de olhar para Earl, embora nunca nos olhos. Quando ela finalmente pronunciou uma palavra, ela a dirigiu para o chão. Earl nunca fez perguntas. Ele dizia coisas que esperava que não fossem intrusivas, mas descobriu que isso era muito mais difícil do que havia pensado. Assim que mencionou que o presidente da Universidade fora forçado a renunciar, desejou engolir as palavras que disse de volta, arrependido. Naturalmente, Marta sentiu que ele estava fazendo referência indireta à desgraça *dela*, *ela* saindo da universidade.

Ela ficou quieta e se recusou a vê-lo nas duas visitas seguintes. Como lhe era característico, depois dessas rejeições Earl se reergueu e recompôs, fazendo novas tentativas. Marta dependia da capacidade de ele poder fazer isso, e ele nunca a desapontou.

Todos os dias, Earl caminhava até o Centro de Saúde da Universidade; com o olhar de fazendeiro, notou os reflexos sutis da mudança de estação. No fim do inverno, ele observou a transformação das dunas de neve, que tinham coberto vastas extensões do gramado do campus. As extensas áreas de neve foram reduzidas a acanhadas ilhas de gelo salpicado de marrom, rodeadas por fossas de barro aquoso. Nas finas margens entre gelo e lama, brotos de grama despontavam através da água espessa em direção aos raios de sol que conseguiam atravessar as compactas camadas de nuvens, cujas brechas também deixavam entrever o azul pálido do céu. Essas nuvens eram muito mais agradáveis que as impenetráveis nuvens negro-arroxeadas do inverno. Cerca de quinze dias depois, a terra já tinha engolido a neve restante, junto com a lama e o gelo. Em seu lugar, a grama esmeralda rebrilhava à luz do sol que, pela primeira vez em seis meses, durava mais tempo. Earl teve um sentimento de perda ao observar as árvores cheias de botões, prestes a desabrocharem em uma profusão de folhas; nessa exuberância, os galhos grossos e robustos que traçavam desenhos abstratos negros no céu de inverno passavam agora a segundo plano.

Marta, reclusa na enfermaria havia meses, não tinha conexão com a realidade, particularmente com a realidade da sua gravidez. Primeiro, ela fingiu que não estava acontecendo nada, apesar de se submeter aos exames com um dos obstetras do centro médico da universidade, o Dr. Warner, de cuja presença ela parecia não se aperceber. Quando Marta não foi mais capaz de fechar a calça, devido ao abdômen protuberante, a primeira reação foi de ira; ela acusou o serviço de lavanderia de ter encolhido suas roupas. Quando o peso da realidade ficou grande demais para ela carregar, o desespero de Marta foi profundo. Earl sentiu que esse desespero era o ressurgir da pessoa que ele reconhecia como Marta.

A primeira declaração consistente que Marta fez durante as visitas de Earl foi:

— Eu vou ter um bebê que não quero ter.

194 ONZE

— Eu sei. Mas eu e você vamos dar uma boa família para esse bebê.

Marta gritou na cara de Earl:

— Pare de ser o eterno escoteiro! Não consigo suportar isso.

Dito isto, ela ficou de pé e marchou para seu quarto.

Poucos dias depois, voltando ao apartamento ao final do dia, Earl abriu a sua caixa de correio e a de Marta. Havia outra carta do escritório da controladoria; ele a abriu e leu.

Prezada Sra. Bromfman

Em função de a senhora estar de licença médica na Universidade, decidimos adiar as discussões adicionais sobre os graves fatos que detectamos para quando a senhora voltar a se matricular nas aulas da Universidade.

Sinceramente,

Francine Gallagher

Assistente da Controladoria

Earl achou a carta diabolicamente perfeita. Em outras palavras, a Srta. Gallagher estava dizendo que se Marta ousasse a qualquer momento tentar completar o curso, o escritório da controladoria desfecharia sua fúria contra ela, reabrindo a investigação sobre a falsificação.

Eles podiam ter certeza que Marta jamais se arriscaria a enfrentar essa situação, de forma que, para todos os efeitos, ela estava banida da Universidade Estadual e provavelmente de qualquer outra universidade no país. O que tornava a carta de Francine

Gallagher perfeita era o fato de ela ter banido Marta permanentemente de qualquer forma de educação superior por meio de uma única sentença, uma declaração que dava a falsa impressão que o que a Srta. Gallagher queria mesmo era deixar Marta menos preocupada durante a sua convalescença. O efeito da carta, como Earl a viu, foi marcar Marta indelevelmente com outra fonte de vergonha que ela iria manter em segredo pelo resto da vida.

A avaliação de Earl estava correta. Marta não se formou na faculdade e não buscou mais qualquer tipo de educação superior; trabalhou apenas como esposa de fazendeiro e garçonete em uma lanchonete, e em nenhuma outra ocupação; nunca falou uma palavra para ninguém sobre a vergonha que passara com a descoberta das falsificações que fizera.

Diferentemente da reação intensa que tivera à leitura da primeira carta de Francine Gallagher, meses atrás, desta vez Earl não sentiu a menor vontade de questioná-la pela crueldade implacável; tampouco, informou o evento à Dra. Anders. A esperança se esgotara e ele não mais acreditava que o protesto e a indignação poderiam trazer-lhe alguma satisfação. As cartas estavam dadas e ele, Marta, Anne e o bebê teriam que fazer o melhor possível com as cartas que tinham em mãos.

Dois dias depois de Earl ter lido a carta enviada pelo escritório da controladoria, Anne chegou para o fim de semana. Aquela noite de sexta feira foi diferente, porque Earl estava pouco à vontade. Anne notou, mas não disse nada. Depois de lavar louça e colocá-la no escorredor para secar, eles foram para a sala ouvir os discos que Anne trouxera.

Enquanto ela mexia nos álbuns, decidindo qual tocar primeiro, Earl disse:

196 ONZE

— Anne, quero conversar com você, sente-se aqui, por favor.

Anne pareceu contrariada de deixar os álbuns de lado. Earl já estava sentado na ponta do gasto sofá de veludo marrom. Anne sentou na outra ponta.

Earl olhou para Anne melancolicamente por alguns momentos, antes de falar:

— Estou com medo de bancar o bobo porque vou falar algo que já queria ter dito há meses...

Anne o interrompeu:

— Penso que sei o que você vai dizer, mas acho que as coisas vão ficar mais difíceis depois que você falar. Nada pode acontecer entre nós além do que já temos agora; e mesmo isso vai ter que parar quando Marta sair do hospital. Ela é minha irmã e sua esposa e ela vai ter um filho seu daqui a poucos meses.

Earl protestou:

— Deixe-me terminar. Preciso falar porque senão, não falo nunca mais; e eu não vou conseguir passar o resto da minha vida sem ter falado isto, pelo menos uma vez. Estou apaixonado por você. Eu me apaixonei por você quando conversamos a primeira vez no corredor fora do apartamento, e continuei apaixonado desde então. Independentemente do que aconteça, não lamento ter tido esse tempo com você. Eu sei que pareço um menino apaixonado, mas espero que você, por dentro, não esteja rindo de mim. Sei que nunca vou encontrar ninguém parecido com você, nem de longe; eu daria qualquer coisa para passar o resto da minha vida com você. Deus! Como isso é triste. Desejaria ter palavras melhores para falar o que preciso. É uma agonia não saber como você se sente em relação a mim. Tenho certeza que você gosta de mim, mas receio que você goste de mim como amigo, e nada mais. Eu sei que você é a irmã de Marta e eu sou o marido dela, mas esses fatos não mudam nada do que sinto por você. Eu tenho de lhe dizer.

Anne fez uma pausa que pareceu interminável, embora provavelmente tenha durado cinco ou dez segundos, e olhou intensamente nos olhos grandes, na face grande de Earl:

— Meu querido, querido Earl. Comigo não foi tão rápido quanto com você, mas eu também me apaixonei por você. Estou falando isso em voz alta e tenho medo que o mundo caia em cima da gente. É errado estarmos apaixonados. Não quero dizer errado no sentido da igreja, ou errado como Romeu e Julieta; quero dizer que é algo terrível para fazermos com Marta. Nenhum de nós conseguiria conviver consigo mesmo se você se divorciasse dela e a abandonasse, deixando-a só com o bebê; ou mesmo se tivéssemos um caso. E, tirando a questão do que é considerado como certo ou errado, eu não quero ser a "outra mulher", que não tem uma família própria. Eu sei que isso parece frio e calculista, mas estamos falando de algo real, e não de um devaneio. Lamento que essa conversa tenha de terminar de forma tão dura. Não quero destruir o que temos, mas não quero que seja minimamente diferente do que é.

O rosto de Earl ficou molhado de lágrimas quando Anne terminou. Ele cobriu a face com as grandes mãos, e se dobrou para frente até que as mãos e a face tocaram os joelhos. Anne foi até a ponta do sofá onde ele estava, passou o braço em torno dos ombros dele e apoiou a testa no topo da cabeça de Earl. Ele soluçava, sufocado na mistura de lágrimas salgadas e do muco que expelia a cada respiração.

198 ONZE

Nunca em sua vida sentira uma dor assim – uma dor que parecia estar dentro do peito e da garganta, mas não tinha parecença com dor física. O contato do braço de Anne em torno de seus ombros e da testa dela junto à sua cabeça não o excitava e nem lhe trazia conforto. Ele podia perceber que ela sentia pena e, ao mesmo tempo, ia se distanciando dele cada vez mais. Ele se endireitou e olhou para ela; ficou surpreso ao ver que ela estava chorando, as lágrimas correndo. Mas, ele pensou, eram lágrimas de dó, não lágrimas nascidas da própria dor.

Earl continuou falando com a Dra. Anders uma vez por semana, durante dez a quinze minutos. Ela explicou que a internação fora mais prolongada que o habitual devido à avaliação de um alto risco de suicídio e de outras possibilidades de prejuízo ao bebê. Nas últimas semanas, a psiquiatra e Earl consideraram que, após a saída do hospital, Marta precisaria de um tempo para se readaptar ao mundo exterior e preparar a casa e a si mesma para o nascimento do bebê. Earl tinha uma noção bastante clara que, mesmo sob circunstâncias melhores, Marta não seria capaz de cuidar de uma criança. Haveria um intervalo de quatro a cinco semanas entre o parto, entre fim de abril e começo de maio, e a formatura de Earl, no começo de junho. Ele pediu à Flora para ficar com eles durante esse intervalo entre o nascimento do bebê e a formatura. Ela se disse contente de poder ajudá-los nessas semanas; quis saber também o que eles estavam planejando para a família depois da formatura. Earl, de coração apertado, perguntou se ele, Marta e o bebê poderiam viver na fazenda por um tempo; ele poderia ajudar o pai, que cuidava sozinho da fazenda desde que o irmão mais velho de Earl fora trabalhar em Indiana; Henry não estava mais dando conta do trabalho. Esse plano não só adiou o sonho de Earl, de trabalhar como engenheiro, mas o liquidou para sempre; também, oficializou o fato de que Marta, por não ter conseguido se formar na faculdade, desistira do sonho de trabalhar como restauradora de livros raros; em vez disso, ela estava de volta à vida na lavoura de uma pequena fazenda, um destino do qual pensara ter escapado.

A mãe de Earl disse que ele e sua família sempre seriam bem--vindos para morar na fazenda, durante o tempo que quisessem. Earl, Marta e o bebê podiam ficar no quarto que tinha sido dele, Leslie e Paul quando crianças. Earl não verbalizou a decepção de abandonar o sonho de trabalhar como engenheiro, mas isso ficou patente em sua voz. Ele nunca imaginara que um dia pediria para voltar ao lugar e à vida que tanto quis deixar. Flora captou também outro tipo de tristeza no filho, uma que não conseguiu identificar; era a tristeza de Earl perante a perspectiva de viver sem Anne.

A Dra. Anders mostrara um interesse especial por Marta desde o começo da hospitalização, percebido vagamente por Earl. Mas o resto da equipe notou esse tratamento diferenciado com muita clareza. Depois das entrevistas de admissão, era praxe que a Dra. Anders transferisse os cuidados do paciente para um psiquiatra da equipe. A Dra. Anders era querida e respeitada pela equipe do hospital, mas sua importante posição como coordenadora do Departamento de Psiquiatria e membro do conselho do Centro Médico da Universidade tornavam-na meio assustadora. As decisões que ela tomava quase nunca eram questionadas, pelo menos de modo aberto. Marta estava tão alienada durante a maior parte do tempo da internação que não se dera conta disso. Ela sobrevivia em um mundo à parte, voltada para dentro; esse mundo interno era povoado pelas assombrações de sua vida anterior. Na enfermaria, a fofoca era que Marta tinha uma importância especial para a Dra. Anders porque ambas vinham de famílias de imigrantes suecos. A Dra. Anders, agora com cinquenta anos, nunca havia casado e não tinha filhos. A fofoca era que o bebê que Marta ia ter era o bebê que a Dra. Anders nunca teve.

Era excepcional que um paciente permanecesse na enfermaria por mais de um mês. Apenas um ou dois membros da equipe de enfermagem se recordavam de algum caso em que a internação fora tão longa quanto a de Marta. A Dra. Anders via Marta todos os dias, de quinze minutos a uma hora de cada vez. Durante as três ou quatro primeiras semanas, Marta ficou em silêncio o tempo inteiro das sessões. A Dra. Anders não a pressionava para falar; em vez disso, sentava-se a seu lado em silêncio, falando ocasionalmente os pensamentos que lhe ocorriam enquanto estava ali.

Em um desses encontros a Dra. Anders disse:

— Contrariamente ao que maioria das pessoas pensa, nem todo mundo quer ser compreendido.

Ela parou por alguns minutos, antes de prosseguir.

— Você e eu sabemos que ser compreendido pode ser uma coisa muito perigosa. Isso dá às pessoas um poder sobre nós que não queremos que elas tenham.

Poucos minutos depois, ela continuou:

— Um dos filmes mais assustadores que assisti, quando tinha mais ou menos sete anos de idade, foi um filme muito antigo e que você não deve ter visto. Lembro nitidamente da cena em que alienígenas forçam uma menina a entrar em uma espaçonave; o filme nunca mostra a cara deles, o que é mais assustador ainda, porque faz você imaginar caras muito mais horríveis. A menina é ligada a uma máquina que retira dela a humanidade e a substitui por outra vida, alienígena. Quem escreveu o roteiro conhecia algo muito importante, que alguma coisa ou alguém pode roubar das pessoas as próprias vidas. Acho que não há coisa pior que pode acontecer para uma pessoa. É a coisa mais assustadora que existe, pelo menos para mim.

Marta, cujos olhos estavam fixados no chão, sem foco, olhou para a Dra. Anders por um momento; em seguida, desviou novamente o olhar.

Na tarde seguinte, quando a Dra Anders chegou à enfermaria para ver Marta, uma enfermeira a avisou que naquela manhã a paciente se recusara a sair da cama; a despeito do esforço conjunto da equipe, ela ainda estava na cama, com o cobertor puxado sobre a cabeça. A Dra Anders disse:

— Essa é uma boa notícia. Eu vou até lá dizer que estarei esperando-a em minha sala; assim, o protesto dela contra mim fica registrado de modo mais direto.

Nas semanas seguintes, lenta e gradativamente, Marta foi se opondo cada vez mais obstinadamente, recusando-se a comer, tomar banho ou sair da cama. Ela espalhava um cheiro tão ruim que era difícil ficar perto dela, por pouco tempo que fosse. A Dra. Anders sentiu que Marta entrara no seu corpo e na sua vida pessoal muito além do que lhe dera permissão para fazer; ela ventilava a sala assim que Marta saía, mas o odor nunca desaparecia por completo. O cheiro acre parecia ter impregnado o tecido das cadeiras e das cortinas da sala. Isso perturbou muita a Dra. Anders. Sem contar para ninguém, ela comprou removedores de odor em loja de ferramentas e esfregou as cortinas e a almofada da cadeira onde Marta sentava, tentando livrar-se do fedor que ela exalava. Depois de certo tempo, a Dra. Anders ficou convencida de que o odor de Marta tinha impregnado as roupas que ela vestia enquanto estavam juntas, roupas que eram muito importantes para a identidade dessa elegante médica sueca.

202 ONZE

A equipe da enfermaria não estava habituada a lidar com pacientes que ficavam internados por muito tempo e abusavam da sua hospitalidade na proporção que Marta estava fazendo; tampouco estavam acostumados com pacientes como Marta, cuja insanidade tinha o poder de saturar o ar que as enfermeiras respiravam oito horas por dia, semana sim, semana não. Muitos começaram a sentir ódio de Marta e ficar profundamente ressentidos com a Dra. Anders, pois ela achava se achava "oh, tão importante" que podia fazer o que bem entendesse dentro e fora da enfermaria. Enquanto isso, eles ficavam confinados em uma enfermaria, um lugar que lhes era caro e fora transformado em um calabouço onde agora simplesmente cumpriam horário. A equipe também não concordava com a visão da Dra. Anders, de que Marta estava retornando à terra dos vivos, e que ela expressava essa evolução por meio dos ataques violentos e malcheirosos desferidos à paz de um ambiente onde eles sentiam que, à exceção de Marta, conseguiam ajudar de fato as pessoas.

A equipe de enfermagem ficou tão aborrecida com o que estava acontecendo que ousou dizer a Dra. Anders o que pensava – que Marta já recebera toda a ajuda possível nessa internação e que ela devia ter alta e voltar para casa, para que a própria família cuidasse dela, como era feito com outros estudantes que tinham sido hospitalizados. A Dra. Anders falou para a equipe que observara que Marta tinha melhorado, pois não era mais um fantasma como quando tinha chegado. O cheiro e outras formas de teimosia eram uma espécie de salva-vidas para ela, porque tinha sofrido ataques na sua família de origem que tinham sido muito mais tóxicos para ela que aquele banheiro fedido em que transformara a enfermaria. A equipe não estava receptiva a teorias e não se sentia nem um pouco inclinada a desempenhar o papel de privada para os problemas de infância de Marta, mesmo que esses problemas fossem horríveis. Depois que os sentimentos da equipe foram verbaliza-dos, a Dra. Anders lhes respondeu da melhor maneira que pôde e manteve a mesma conduta. A psiquiatra foi inflexível – Marta não podia ser liberada em seu estado atual – ela não tinha uma família que se importasse com ela e que pudesse cuidar dela em caso de alta; Marta ainda corria um sério risco de suicídio e não se lhe podia confiar a vida de um feto cuja existência ela parecia odiar.

Os meses se passaram e a equipe da enfermaria relutantemen-te admitiu que Marta estava menos raivosa; ela começou a aceitar ajuda das pessoas que estavam lá justamente para ajudá-la, e isso era realmente tudo o que as pessoas da equipe queriam – o reco-nhecimento de que tinham valor. E para Marta, tinha sido extre-mamente importante negar justamente esse valor.

À medida que a maré de insanidade refluiu, duas realidades se tornaram inegáveis para todos os interessados, especialmente para Marta: ela estava no terceiro trimestre de gestação, o abdômen protuberante, os seios intumescidos; e ela tinha de sair do hospi-tal para cuidar do bebê quando ele nascesse. Negociar a reentrada de Marta no mundo fora do hospital, e a reentrada desse mundo externo em Marta, foi de máxima importância. Marta finalmente concordou em ler as cartas enviadas por Anne, que ela tinha igno-rado. Nas cartas, Anne dizia que sentia falta dela e estava ansiosa para revê-la. As cartas evocaram assustadoras memórias da infân-cia, mas as imagens não desmontaram Marta.

Marta começou a dar pequenos passeios fora do hospital com Earl. O primeiro durou apenas uns poucos minutos; Marta ficou tão ansiosa que implorou a Earl para levá-la de volta ao hospital. No dia seguinte – uma manhã clara e fresca, com uma fina névoa no ar – eles precavidamente passearam no estacionamento do hos-pital. Para Marta, qualquer coisa era excessiva. A luz do dia cegava,

204 ONZE

o céu se expandia e a sugava para dentro de sua imensidão. Os carros na rua se aproximavam velozmente e se transformavam em um raio sólido e alongado, brilhante e colorido, que finalmente desaparecia no horizonte.

Marta e Earl atravessaram a rua para o campus, que estava mais tranquilo; mesmo assim, foi um ataque ao sensório de Marta. A grama brilhava como se fosse um tapete composto de minúsculos insetos luminosos; as árvores estavam mal podadas, com galhos apontando para milhares de direções ao mesmo tempo; os estudantes que passavam por Marta falavam idiomas que ela não conseguia entender. Marta sentiu palpitações. Ela parou, fechou os olhos com força, tapou os ouvidos com as mãos e se encolheu. Earl passou os braços em volta da cintura dela e a puxou para perto de si. Ele disse:

— Tudo isso é novo. Você vai ficar acostumada. Você vai. Vamos ficar parados aqui, só um pouco. Ela o empurrou e, em seguida, enroscou os dois braços apertadamente no braço direito dele.

Earl não tinha um roteiro em mente. Eles pareciam se movimentar como se puxados por uma corrente invisível que os levava de um caminho a outro até que chegaram ao prédio onde, tempos atrás, tinham vivido no apartamento do ático. Marta ficou com a impressão de estar vendo uma foto em branco e preto, desbotada e amarrotada, de um prédio em uma cidade estrangeira onde um velho parente vivera. Algumas calhas quebradas e enferrujadas pendiam da frente do prédio de tijolos como macabras vinhas metálicas. O caminho de entrada estava escuro e mofado. Várias das portas de alumínio das caixas de correio estavam quebradas, exibindo buracos negros que pareciam as banguelas de uma gigantesca boca metálica. Marta sentiu alguma familiaridade ao subir os quatro lances de escada. Ela sabia que não era a mesma pessoa que outrora subira essas escadas.

Ao entrar no apartamento, Marta parou, paralisada por um ou dois minutos. Sem falar uma palavra, ela andou no corredor e foi até a porta da cozinha, onde permaneceu parada por alguns minutos; parecia estar tentando se lembrar de quem ela era quando ocupara esse espaço. Então, voltou pelo corredor, deu alguns passos e parou na soleira da sala, como quem olha fundo na face de alguém conhecido sem conseguir reconhecer de quem se trata. Marta prosseguiu pelo corredor, espiando em cada aposento como se estivesse tentando se orientar. Quando pôs os pés no banheiro, no fim do *hall*, pareceu estar travando uma guerra consigo mesma, dando um passo à frente e outro para trás, repetidas vezes. Finalmente ela tomou impulso, deu um passo à frente e olhou dentro da pia. Então, puxou a cortina do chuveiro para o lado e esquadrinhou o interior da banheira. Pressurosamente, examinou o conteúdo do armário de remédios e o gabinete sob a pia. Com uma força explosiva, ela deu meia volta e caminhou ligeira pelo corredor, o olhar fixo no de Earl. Ela se jogou contra o peito dele, mas ele mal se mexeu com o impacto. Earl tentou abraçar Marta para ajudá-la a se recompor, mas ela o empurrou.

Ela berrou:

— Não me toque! Ela ficou vivendo aqui todo o tempo em que estive fora. A pia e a banheira estão cheias de cabelo dela. Ela guardou as pílulas no armário de remédios. Eu sinto o cheiro dela em cada canto deste lugar. Eu sinto cheiro de sexo. Vocês dois. Como você pode? Ela é minha irmã. Você me odeia tanto, para fazer isso comigo? Você não tem...

Earl gritou, encobrindo a voz dela:

— Pare com isso, já! Anne e eu nos fizemos companhia enquanto você estava no hospital. Enquanto você esteve internada, Anne continuou a passar a maior parte dos fins de semana aqui como fazia desde junho passado, quando você a convidou para ficar. Nós sentimos a sua falta e estávamos apenas nos fazendo companhia enquanto você esteve fora. Eu lhe dou a minha palavra. Anne e eu não tivemos sexo. Eu nunca a beijei e nem mesmo segurei a mão dela, nem por um segundo. Eu juro a você que estou dizendo a verdade.

Marta, por entre os dentes cerrados, disse lenta e deliberadamente:

— Eu estive em um hospital para doenças mentais, mas não sou cega e nem estou delirando. Eu sei o que vejo. Você não quer estar casado comigo, você a quer. Eu sei de tudo isso, o resto não importa. Ela nunca mais vai pisar neste lugar novamente, você ouviu? E não tente se encontrar com ela escondido. Eu vou ficar sabendo se acontecer, você pode ter certeza.

Marta entrou no quarto e trancou a porta do mesmo modo que fizera no dia em que os paramédicos a levaram de ambulância para o Centro Médico da Universidade. Nesse momento, Earl percebeu uma mudança importante. Ele não estava mais preocupado com a possibilidade de ela se matar. Ele se perguntou se ele não mais se importaria, caso ela o fizesse. Ele ficou surpreso pelo modo como essa percepção o libertou. Por mais de três anos Earl se encarregara da tarefa de sobreviver, por si mesmo e por Marta também; talvez, ainda tivesse a ilusão de que um dia eles viessem a se amar; essa carga foi tirada de seus ombros. Junto com o alívio, veio a dura realidade: Marta era a sua mulher e faltavam poucas semanas para ela ter um bebê, filho deles, mas que nenhum dos dois queria. Earl ficou surpreso, pois até esse momento ele não se permitira imaginar como seria o bebê que nasceria em breve; não havia sequer pensado se seria um menino ou uma menina, muito menos nos nomes que poderia dar ao bebê. Ele conhecia Marta o suficiente para saber que ela não quereria participar da escolha do nome, ele teria toda a responsabilidade nisso também.

Marta destrancou o quarto e o som fez Earl estremecer; ele não tinha se mexido do lugar desde que ela entrara no quarto e fechara a porta. Quando ela saiu do quarto, foi como se Earl a enxergasse pela primeira vez – uma mulher pequena, que tinha sido muito bonita, mas muito envelhecida para a idade. Os traços eram severos e angulosos, os olhos negros e o olhar perdido, a face branca como giz, os movimentos do corpo nem masculinos e nem femininos, as roupas puramente funcionais. Ela parecia uma refugiada de guerra, desterrada, cansada pela vida e cansada da vida, carregando no abdômen distendido o peso de algo que não era dela, um peso que mal conseguia levantar. Era uma mulher sozinha no mundo, sem objetivo. Ela lutou para vestir o casaco que estava muito apertado, recusando a ajuda de Earl. Marta seguiu na frente, escada abaixo e através do campus, desta vez sem medo visível, sem qualquer sentimento perceptível, afora a determinação de por um pé na frente do outro.

Marta não podia perdoar Earl pelo romance com Anne, que ela considerou não como uma suspeita, mas como um fato. Ela se recusou a recebê-lo nas visitas que aconteceram nas duas semanas finais de internação. No dia da alta, eles caminharam silenciosamente para o apartamento, Earl segurando a mala. Ela e Earl dormiram em quartos separados, usaram a cozinha separadamente e raramente se falaram. Earl se ocupou em terminar sua dissertação de conclusão do curso. Marta estava furiosa por Earl ter uma vida que ela não controlava. Ela suspeitou que Earl estivesse em contato com Anne, mas acusava-o apenas com os olhos. De fato, Earl falava com Anne todo dia, de um telefone público no centro acadêmico.

Marta não deixava o apartamento, exceto para comprar mantimentos e para ver a Dra. Anders e o obstetra. Quando a data prevista para o parto se aproximou, a necessidade fez com que Marta e Earl conseguissem desenvolver uma relação cordial. Eles foram educados, até mesmo atenciosos um com o outro. Earl contou para Marta que a mãe dele se oferecera para ficar com eles e ajudá-los com o bebê. Marta ficou visivelmente aliviada ao ouvir isso, mas nada disse. Ela sabia que precisaria de ajuda para cuidar de um bebê e gostava da mãe de Earl. Como Earl esperara, Marta pediu para que ele escolhesse o nome da criança. Ela também lhe disse que não queria saber esse nome até o parto.

O bebê finalmente nasceu, uma menina grande e saudável a quem Earl deu o nome de Melody. No começo, Marta teve problemas para amamentar, o que a deixou chateada porque ela sentia que o bebê queria uma mãe de verdade. A mãe de Earl, discretamente, ajudou Marta e Melody a se conhecerem. Earl não precisou contar para Marta sobre a mudança para a fazenda da família; foi Marta quem perguntou à sogra se havia espaço na casa da fazenda para ela, Earl e Melody viverem lá por um tempo. Flora disse:

— É claro que tem.

Doze

Apesar do calor e abafamento, as pessoas permaneceram na cerimônia fúnebre até o fim da tarde, mais tempo do que Earl previra. Na sua imaginação, as pessoas estariam cabisbaixas e com as faces contritas; em vez disso, havia no ambiente o rumor de conversas animadas. O reencontro com velhos amigos, que tinham se mudado dali há anos – e o aparecimento de uma desconhecida charmosa e misteriosa, estranhamente parecida com Marta – fazia com que até um funeral fosse uma ocasião rara e interessante para as pessoas dessa cidadezinha rural.

Melody e Warren cumprimentaram o avô e a tia Leslie, mas depois ficaram totalmente concentrados na mulher que tanto se parecia com a mãe deles. Melody se encheu de coragem e se aproximou dela; Warren também, sempre um passo atrás da irmã. Ela era ainda mais bonita de perto do que de longe e eles ficaram sem graça, sem saber o que falar. Ela sorriu para eles de um modo que parecia sincero e disse:

— Olá, Melody; olá, Warren. Estou muito triste pela morte da sua mãe. Eu também vou sentir a falta dela. Sou a Anne, irmã dela.

Warren e Melody também a cumprimentaram. Melody, sem perder tempo, perguntou:

— Como você sabe os nossos nomes? Por que ninguém nunca nos falou de você? Onde você vive? Você tem família?

Anne riu e falou:

— Bom, nós vamos ter tempo para você perguntar tudo o que quiser. Eu vivo em Chicago e tenho uma filha, Sophie, que tem a mesma idade que você, Warren. Sei como vocês se chamam porque o seu pai me falou muito de vocês; ele sente muito orgulho de vocês dois.

Melody perguntou novamente:

— Como é que nunca ninguém mencionou você, nem mesmo uma única vez?

— Essa é uma longa história, mas o ponto é que sua mãe e eu tivemos uma briga antes de vocês nascerem, o que fez com que parássemos de nos falar. A gente acha que vai ter todo o tempo do mundo para fazer as pazes, mas aí alguém que você ama morre. Então a gente vê como foi triste ter desperdiçado o tempo que poderia ter passado de outro jeito com aquela pessoa.

Melody percebeu que Anne se esquivara de responder à pergunta – por que ninguém jamais havia mencionado o nome ou mesmo a existência dela – mas deixou isso de lado para não ser rude. Só que não conseguiu parar de fazer perguntas:

— Há quanto tempo você conhece papai?

— Ah, há muito tempo. Nós nos conhecemos quando seus pais estavam na universidade, antes de casar. Eu trabalhava em outra cidade, em uma padaria, e fui visitar a sua mãe. Ela estava saindo com seu pai e então nos conhecemos. Isso foi um ano antes de você nascer.

— E a sua família?

— Minha filha Sophie e eu vivemos em um apartamento em Chicago. Ela está no sétimo ano. Imagino que você também, Warren.

Warren concordou.

— Viver em um apartamento não é como viver em uma fazenda. Vocês têm todo esse lindo espaço aberto.

Melody perguntou:

— Então, por que você vive em um apartamento?

— Bom, eu também fui criada em uma fazenda, como vocês; mas sempre fui muito curiosa sobre o que existia além daquele pedaço de mundo. Quando eu tinha dezessete anos, viajei com um amigo, pegando carona e ônibus. Eu adorei as cidades que conhecemos. Você consegue assistir filmes que nunca passam em cidades pequenas, e pode falar com um monte de gente diferente sem que ninguém venha aconselhar você a ficar longe daquelas pessoas, porque são estranhas e diferentes. Eu gosto de pessoas estranhas.

— Você conheceu um monte de cidades quando tinha dezessete anos?

— Sim, mas fiquei principalmente em Nova York.

— Nova York!

A mente de Melody estava ligada em centenas de coisas ao mesmo tempo. Ela percebeu que Anne não teria tempo para responder a todas as perguntas que queria fazer, mas não era só pelo tempo. Era frustrante, porque Anne não respondia integralmente suas perguntas, não esclarecia de verdade o que Melody queria saber, estimulando mais uma dúzia de perguntas em sua mente.

— Então, como é Nova York?

— No começo, achei horrível. O ar é poluído e o barulho é ensurdecedor. Ninguém presta atenção em ninguém. As pessoas passam pelos mendigos sem olhar, passam por quem está dormindo na rua em caixas de papelão como se fossem invisíveis. Mas eu me esforcei para me habituar a isso porque lá tinha coisas boas que não conseguia achar em nenhum outro lugar.

Melody disparou:

— Como o quê?

— Como a música, para mim. Naquela época Nova York era o lugar onde os músicos experimentavam novos tipos de música, que ninguém tinha ouvido antes. Eles faziam experiências com sons que só viriam a ser ouvidos nesta parte do país anos depois, se viessem.

Melody já gostava de Anne, mas sentia que ela se mantinha cuidadosamente fora do seu alcance. Talvez, não pudesse esperar mais de uma primeira conversa. Mas Melody insistiu, porque sempre que fazia perguntas sobre a família da mãe, ou como era a vida dos pais antes de ela nascer, eles desconversavam. Qualquer coisa que Anne dissesse, seria bem melhor do que nada.

— Como papai era quando você o conheceu, antes de eu nascer?

— Ele era o mesmo homem alto, forte e bondoso que é até agora. Ele amava muito a sua mãe e fazia de tudo para ela se sentir feliz e segura.

Melody e Warren trocaram olhares sabidos. Melody não resistiu e disse:

— Ele sempre fez isso, até ela morrer.

Melody continuou a pressionar Anne.

— Mas ele era popular, tímido ou o quê?

— Popular, não, pelo menos em minha opinião. Ele era intenso em cada uma das coisas que fazia. Ele se dedicou muito seriamente aos estudos na faculdade, o que não era considerado legal naqueles dias. Ele não era como os outros caras da faculdade – ele gostava de conversar com as pessoas sobre as coisas que pensava da vida.

— Como o quê?

— Bom, deixa ver se eu consigo lembrar. Não era tanto que ele tivesse questões específicas, era mais como se ele tivesse questões gerais sobre tudo: o que acontece com as pessoas quando elas morrem; por que algumas pessoas passam por coisas terríveis enquanto outras são poupadas; como é estar na pele de uma menina.

Agora Melody estava gostando do jeito que Anne apontava coisas que ela também havia notado no pai, mas não conseguira pôr em palavras. Ao mesmo tempo, ela sentiu pena do pai porque sabia que, no lugar em que moravam, ele não tinha com quem conversar sobre aqueles assuntos. A mãe dela teria odiado aquele tipo de conversa. Melody percebeu que Anne era muito esperta, mas não exibida. Melody foi ficando ainda mais frustrada porque Anne estava respondendo apenas parte das perguntas, o que escolhia responder; e estava deixando de fora justamente os pedaços que despertavam mais a curiosidade de Melody; por exemplo, se algum dia o pai quis namorar Anne ou casar com ela. Warren estava atento a cada palavra que Anne e Melody trocavam. Ele tinha as suas próprias perguntas, mas não podia fazê-las. Ele queria saber se sua mãe sempre fora assim tão má; e por que ficara daquele jeito, e por que o pai casara com ela. E ele também tinha perguntas, queria saber se o pai tinha sido um astro do futebol americano e se todo mundo o admirava. Mas Warren não ousava fazer essas perguntas para Anne, além de muitas outras. Ele não queria se sentir assustado o tempo todo. Ele desejava ser qualquer pessoa, exceto ele mesmo. Essa era uma coisa que ele nunca dissera a ninguém, nem mesmo a Melody.

Mesmo sabendo que o tempo era curto, Melody não conseguia decidir quais perguntas fazer. Depois de uma pausa de alguns minutos ela disse:

— *Ela* nunca falou de você ou de ninguém mais da família de vocês. Quem mais existe?

— Nossos pais. Eles ainda vivem na parte oeste do estado. Eles tinham uma fazenda de leite, mas atualmente estão aposentados e vivem em uma casinha em que só cabem eles. O seu avô foi extremamente severo conosco. Ele podia ser muito assustador; sua mãe e eu tentávamos nos ajudar quando ele nos amedrontava. A sua avó tinha um bom coração, mas eu sempre quis saber o que ela estava pensando, pois ela não dizia; e sempre quis que ela tivesse nos defendido mais. Ainda desejo isso. Também temos um irmão que é muito mais velho.

— Por que eles não vieram para o funeral?

Anne não estava se sentindo nem um pouco acuada ou desconcertada pelas perguntas de Melody a respeito de tudo aquilo que havia sido ocultado dela. De fato, Anne admirou Melody pela coragem e pela forma clara e enérgica com que buscava o que queria e precisava saber. Anne já gostava muito de Melody.

Anne tentou responder à pergunta de Melody.

— Eu só posso responder por mim mesma, não por eles; mas eu penso que eles não queriam se lembrar das grandes dificuldades que passamos juntos, em família. Para algumas pessoas, afastar algo da mente é a melhor maneira de continuar vivendo.

— Você está aqui, então você não pensa assim, não é?

— Eu tentei, mas não consigo afastar as coisas da minha cabeça. Elas continuam aparecendo, como se tivessem vontade própria; assim eu não tive escolha senão encará-las de frente.

— Por que seu marido não veio com você?

— Quando as pessoas não estão felizes juntas, é melhor que cada uma siga o próprio caminho; foi isso que aconteceu entre o pai de Sophie e eu.

— Você quer dizer que se divorciou?

Anne deu um largo sorriso em resposta à franqueza de Melody.

216   DOZE

— Está certo. Nós nos divorciamos há dez anos. Ele se mudou para a Filadélfia; eu e Sophie não o vemos muito desde então.

— Você trabalha?

— Sim. Eu sou vice-gerente em uma loja de discos; falando assim, parece importante, mas não é; significa apenas que há duas pessoas trabalhando na loja e que eu não sou a gerente.

— Você gosta do seu trabalho?

— Sim, ele combina comigo. Eu amo conversar com as pessoas sobre música. Os clientes me fazem perguntas como: quais são as novidades que os cantores populares estão gravando? Qual é o melhor álbum dos Beatles ou dos Rolling Stones? Por onde devo começar para aprender a ouvir ópera ou Beethoven? Eu tenho prazer de falar sobre música com qualquer pessoa, desde os novatos até pessoas que sabem muito mais do que eu.

Melody pensou se Anne estava falando com ela e Warren do jeito que falava com os novos fregueses na loja de música. Melody podia ver que Anne sabia como colocar as pessoas à vontade. Talvez fosse um dom que usasse com todos. Melody não queria acreditar nessa possibilidade porque finalmente encontrara uma mulher com quem gostaria de se parecer. Anne não parecia falsa, mas nunca se sabe. Melody sentia que era boa em diferenciar quem era falso de quem era sincero. Warren era sincero, ele era incapaz de mentir ou de representar.

Nesse momento Earl se aproximou e disse:

— Estou feliz por vocês estarem podendo se conhecer.

Melody sentiu que a oportunidade de fazer mais perguntas estava acabando rapidamente e perguntou a Anne:

Quanto tempo você vai ficar?

— Não tenho certeza.

Ficou óbvio que o pai queria falar com Anne em particular. Melody podia ver que havia alguma coisa entre os dois, algo que eles estavam tentando esconder. Melody suspeitou – e desejou – que algum dia seu pai tivesse pensado em casar com Anne e, por alguma razão, não pôde.

Earl tentou impedir que Melody fizesse mais perguntas e disse:

— Vocês estão conversando há bastante tempo e sei que Anne está cansada da viagem. Assim, vamos deixá-la descansar? Vamos buscar outro chá gelado para ela?

Warren saiu correndo para as mesas de bebidas, pegou um copo e o encheu até a borda. Voltou correndo, com o braço ensopado de chá e deu o copo para Anne.

Anne agradeceu:

— Warren, você é um cavalheiro de verdade, assim é que os rapazes devem ser.

Melody não estava disposta a ser dispensada pelo pai sem protestar:

— Nós vamos dar uma folga a Anne, mas não queremos que ela vá embora sem se despedir e, talvez, conversar conosco um pouco mais.

A fascinação de Melody por Anne fez Earl sorrir; ele falou:

— Fique tranquila, Melody; por enquanto, a tia Anne não vai a nenhum lugar.

Pela primeira vez, desde que a mãe deles morrera, e desde há muito tempo, o pai pareceu firme e autoconfiante aos olhos de Melody.

Earl e Anne caminharam até a sombra dos álamos, no lado leste da igreja. Eles sabiam que estavam sendo observados de perto por Warren e Melody e por uma boa parte das pessoas presentes.

Earl perguntou se a viagem tinha sido boa. Mas, antes que Anne pudesse responder, ele continuou:

— Que jeito bobo de cumprimentar você, depois de quinze anos sem nos vermos.

Anne sorriu.

— É engraçado, parece que estivemos separados por quinze anos, mas também não parece; porque conversei com você na minha cabeça todo esse tempo; só que a pessoa com quem conversei não era você, era um você inventado. Agora, tenho que me acostumar que você não é o Earl com quem conversei durante tanto tempo. Mesmo quando nos falavamos ao telefone, eu tinha que imaginar você, porque não conseguia lhe ver. É maravilhoso ver a sua face, mas eu gostaria de passar as duas mãos nas suas bochechas como se eu fosse uma cega que ficou conversando com alguém durante quinze anos e agora pode sentir quem ele é e quem ela é por meio do tato, do cheiro, e não só do som. Não se preocupe, eu não vou dar nenhum vexame, não quero lhe envergonhar, embora eu sinta que estou fazendo isso agora, tateando a você e a mim. Estou cansada de ficar com o seu fantasma na minha cabeça e quero ter certeza que não estou continuando a lhe inventar.

Earl, emocionado, disse:

— É por isso que eu senti e sinto tanto a sua falta. Nunca conheci alguém que pensa e fala como você.

— Earl, eu imagino que você esteja pensando muitas outras coisas e isso está me deixando nervosa, agora que estou falando com você. Nós passamos horas falando no telefone, mas você realmente não me vê em pessoa há muitos anos.

Earl sorriu.

— Não é só você que tem medo de ser vista.

Eles ficaram em silêncio, olhando um para o outro. Eles não disseram coisas como: "você não mudou nada, está do mesmo jeito que da última vez". Isso teria sido mentira. Aqueles quinze anos não tinham sido fáceis para nenhum dos dois, e o tempo deixara suas marcas. A face de Anne ainda era bonita, mas era a face de uma mulher que conhecera dor e decepção. Havia uma tristeza nos olhos dela da qual Earl não se lembrava. A pele sob os olhos estava mais flácida e escura.

A aparência de Earl também estava diferente. A face estava mais enrugada, o que o fazia parecer muito mais velho do que era. Os cabelos loiros e espessos, que antes se espalhavam pela testa, agora estavam finos e ralos e deixavam a coroa maior e mais brilhante à luz do sol. O corpo não era mais o corpo de um homem jovem e que ocupava plenamente a grande estrutura que o destino lhe dera. Ele estava mais magro, menos imponente.

220 DOZE

Anne quebrou o silêncio dizendo:

— Earl, consigo lembrar exatamente o lugar onde eu estava, o que estava vestindo e como a sala estava iluminada quando, há um ano, atendi o telefone e ouvi a sua voz. Você lembra? Você não teve que dizer quem estava falando, eu soube imediatamente.

— É claro que eu lembro.

Earl e Anne conversaram com regularidade, por telefone, durante quase todo o ano que antecedeu a morte de Marta. A suposição de Randy era correta, que antes de Marta morrer Earl devia ter usado telefones públicos para fazer chamadas a cobrar para Anne. Algumas foram feitas durante o dia, quando Earl estava fazendo entregas ou pegando uma peça de máquina na cidade. Mas era arriscado dar esses telefonemas no claro – ele ficava preocupado que alguém o visse e perguntasse por que ele não estava ligando da fazenda ou de qualquer loja da cidade cujos donos teriam prazer de deixá-lo usar o telefone. E se ele fosse visto várias vezes ligando de um telefone público, os boatos começariam a circular. Assim, durante o dia, ele dirigia por longas distâncias, às vezes vinte milhas ou mais, para achar um lugar onde ninguém o conhecesse. Ocasionalmente, ele ligava para Anne à noite, depois de uma reunião de granjeiros ou coisa parecida; mas também tinha que tomar cuidado, tanto para não ser visto usando um telefone público como para não voltar muito tarde para casa.

Earl não soubera a quem procurar, afora Anne, quando foi ficando cada vez mais perturbado pelo modo cruel e odioso com que Marta tratava a Warren e por não ser capaz de acabar com aquilo. Ele já vira Marta enlouquecer antes e por isso não tinha dúvidas que ela estava enlouquecendo de novo. Ao mesmo tempo, Earl não se enganava a ponto de não perceber que, ao menos em parte, talvez inteiramente, ele voltara a usar os seus problemas com Marta como pretexto para ligar para Anne.

Pensou em como podia encontrá-la; Earl sabia que os pais de Anne não lhe dariam o endereço ou telefone; então, ligou para *A melhor padaria do centro-oeste* onde Anne trabalhara. Os donos, Orin e Ruth Riles, gostavam muito dela e por isso Earl achou provável que tivessem o endereço dela para mandar um cartão de Natal ou algo assim. Sabia que Anne tinha lhes falado sobre ele e que eles deviam ao menos saber o seu nome. Earl ligou para a padaria e falou com a senhora Riles; disse que Marta estava passando por dificuldades e precisava da ajuda de Anne, por isso estava precisando entrar em contato com ela. A senhora Riles ficou contente de informar o endereço e o telefone de Anne em Chicago e pediu para Earl mandar lembranças em nome dela e do marido.

Earl ligou de um telefone público, em uma cidade vizinha; ele se sentiu como um menino de dez anos fazendo algo proibido, escondido. Anne pegou o telefone e quando Earl disse alô, as palavras começaram a jorrar da boca dela:

— Earl, como é bom falar com você!

Assim teve começo o ano de telefonemas entre Earl e Anne. Naquela primeira conversa a ligação caiu, pois as moedas acabaram e Earl teve de ligar novamente a cobrar; ele falou para Anne que não sabia mais o que fazer para Marta parar de tratar os filhos, especialmente Warren, de forma tão cruel. Ele falou para Anne, em uma voz que esperava não ter soado choraminguenta e patética:

— Eu pensei que com o tempo Marta voltaria a ser a pessoa que era antes do surto, mas estava enganado. Marta nunca se recuperou do colapso que teve na universidade. Nos últimos quatorze anos ela simulou sanidade com tanto sucesso que enganou a todos, exceto à família. Marta ficou tão assustada e desconfiada que se tornou incapaz de amar ou ter uma afeição genuína por qualquer pessoa. Ela se fechou em si mesma, do mesmo modo que fez quando teve o surto na universidade. Você foi a primeira a experimentar isso, pois ela baniu você dos domínios dela e me proibiu de falar com você de novo, para sempre. Melody, Warren e eu ficamos vivendo com Marta no seu mundo insano.

Earl não deu espaço para Anne responder. Ele esperara quatorze anos para falar com ela. Ele não conseguia parar.

— Marta teria sido incapaz de cuidar de Melody quando bebê não fosse pela ajuda de minha mãe, tanto nas semanas em que viveu conosco no apartamento do ático como depois, quando nos mudamos para a fazenda. Minha mãe não só ajudou Marta nos cuidados físicos a Melody; ela lhe mostrou como expressar ternura com a menina, como segurá-la, acalmá-la e brincar com ela; ensinou-a a cantar e falar com Melody. Era de cortar o coração observar minha mãe fazer com Marta o que ela também estava fazendo com Melody. Minha mãe deu à Marta a ternura, o amor e o encorajamento que ela nunca teve da própria mãe. Nesses anos, Marta ficou mais suave. Foi o melhor período da nossa vida em família. Foi a única época em que eu senti que podia ter esperanças por Marta e pelo nosso casamento.

Mas isso não foi o suficiente para preparar Marta para o que viria. Nós estávamos evitando filhos; mesmo assim, ela engravidou de novo e isso foi mais do que ela podia suportar. Ela não queria um segundo filho, mas nem a minha mãe e nem eu pudemos convencê-la a interromper a gestação. Naquela época já era possível fazer um aborto legal de forma segura, em um hospital, mas ela não quis saber disso. Você sabe como ela é.

Quando Warren nasceu ela mal conseguia segurá-lo. Minha mãe tomou conta dele, exceto pela amamentação, que Marta tentou durante algumas semanas e depois desistiu. Ela acusava Warren de rejeitá-la. Daí em diante, minha mãe dava mamadeira para ele enquanto Marta cuidava de Melody, que tinha quatro anos quando Warren nasceu. Minha mãe fez tudo o que podia para ajudar Marta a ser gentil com Warren, mas nada parecia fazer diferença. Penso que o fato de ele ser menino dificultou ainda mais as coisas para Marta. Minhas esperanças a respeito dela e de nossa família morreram quando vi o que ela estava fazendo com Warren.

— A artrite do meu pai piorou e ele não conseguia fazer mais nada, a não ser supervisionar os empregados. Minha mãe não queria deixar Marta sozinha com as crianças, mas meu pai já não conseguia subir a escada para ir para o quarto. Quando Warren tinha dois anos, meus pais se mudaram para Carolina do Norte para viver perto de Leslie e da família dela. Para Marta, a partida de minha mãe foi tão sofrida quanto foi para Warren e Melody, mas ela nunca disse uma palavra sobre isso. Quando meus pais partiram, ela ficou de cama por uma semana. Finalmente, quando levantou da cama, estava furiosa com todos nós. Até a afeição que tinha por Melody secou, mas ela nunca foi tão dura com a filha quanto com Warren.

Anne sofreu muito ao ouvir o relato de Earl sobre o que ele, Marta e as crianças tinham passado nesses anos todos. Ao mesmo tempo – ela estava envergonhada de admitir isso para si mesma – sentiu surpresa, alívio, até regozijo pelo fato de Earl ter ligado para ela e assim eles poderem voltar a se falar, depois de quatorze anos de silêncio. Ela estava contente de ouvir que a vida conjugal de Earl e Marta tinha sido um desastre? Sim e não, mas a verdade era mais para sim do que para não, ela pensou. Ela estava contente que Earl a procurara porque não conseguia mais suportar Marta? Sem dúvida.

Earl finalmente se interrompeu e disse:

— Falei por mais de uma hora e não dei chance de você falar nada. Eu nem perguntei como você passou esses quatorze anos.

Anne respondeu com cuidado:

— Eu pensei muito em você e Marta e queria saber como vocês dois estavam; por isso, fiquei contente de você ter me ligado e contado um pouco do que tem acontecido. Foi bom poder ouvir a sua voz durante uma hora.

Anne percebeu que estava sendo muito formal. Ela sabia que estava tentando esconder a emoção e, por isso, indo para a direção oposta. Depois de algumas semanas, os telefonemas se tornaram uma espécie de salva-vidas para Earl e Anne. Nunca lhes faltava algo sobre o que conversar, e o tempo de que dispunham sempre lhes parecia muito curto. Em uma tarde cinzenta, no começo do outono, Earl resolveu dirigir até bem longe para usar um telefone público. No caminho, ele se perdeu em pensamentos. Sentiu vergonha por não ter tido a coragem de se despedir de Anne pessoalmente, depois da proibição de Marta. Ele telefonara a Anne e se explicara, mas não teve a coragem de vê-la pela última vez.

Até esse momento, as conversas telefônicas giravam em torno do que Earl tinha vivido desde que voltara a morar na fazenda. Pela primeira vez, ele tentou imaginar o que Anne sentiu quando a convivência que tinham durante a internação de Marta terminara abruptamente. Achar que Anne ficara de coração partido seria atribuir a si mesmo importância demasiada; mas, no mínimo, ele acreditava que ela se sentira perdida.

Earl avistou um telefone público em um posto de gasolina; parou para abastecer a caminhonete e justificar o uso do telefone. Quando Anne atendeu, Earl disse que imaginou como ela tinha se sentido depois de Marta ter decretado o fim da convivência dos três.

Anne disse:

— Receio que a resposta para a sua pergunta não seja muito interessante.

Ela contou que mudara para Chicago, onde frequentou um curso noturno e se formou; que teve uma série de ocupações temporárias e finalmente achou um emprego como assistente do diretor administrativo do *Ballet*.

— Eu fiz muitas coisas, mas estive muito pouco presente em minha própria vida. Não tinha apetite por nada, o mundo estava sem colorido. Eu quero dizer, literalmente. Por um tempo, pensei que tinha ficado daltônica.

Casei com um homem que encontrei no curso noturno. Nós nos conhecíamos há menos de um ano. Pode soar estranho, mas senti que ele casou comigo e eu não casei com ele. Naturalmente, tivemos um filho – todo mundo tem – mas ele não gostava do dia a dia de criar uma criança, do trabalho que dava. Isso, e mais um breve caso que tive, acabaram com o casamento. Depois que o divórcio foi concluído, era como se nada tivesse mudado. Não senti falta dele. Pouco percebi a sua ausência. Penso que nunca nos conhecemos, nem eu a ele ou ele a mim.

Mas teve um lado bom nisso. Sinto orgulho de ter conseguido ser uma boa mãe para Sophie. Você não pode imaginar a alegria que sinto quando a vejo rir, e a dor que sinto quando a desaponto.

226 DOZE

Penso que ninguém pode entender quem eu sou a menos que entenda isso a meu respeito.

Anne e Earl bem sabiam que ela não respondera aquilo que de verdade ele queria saber: o que ela sentira quando a convivência deles, durante a internação de Marta, terminara desastrosamente. Nesse, e em outros telefonemas, nunca Earl ou Anne disseram uma só palavra sobre os sentimentos que nutriam um pelo outro. Como na época da faculdade, ambos sabiam que não eram capazes de entrar em conluio para que Earl secretamente arrumasse um jeito de abandonar Marta com os dois filhos, ou deixá-la e levar as crianças com ele.

* * *

Earl disse a si mesmo que, embora tivesse levado uma espécie de vida dupla no ano que antecedeu à morte de Marta, ele não a tinha traído e nem fizera planos para deixá-la. Ele achou o comportamento de Randy com relação à morte de Marta desconcertantemente mesquinho, até vingativo. Até o ponto que sabia, nunca havia feito nada de mal contra Randy.

Earl foi tão franco com Randy como sempre fora com qualquer outra pessoa, a vida toda e independentemente do assunto. Primeiro, ele nunca diria para ninguém que Marta tentara apunhalar Warren na mão. Isso não era da conta de ninguém. Segundo, agora ele não precisava mais proteger Warren e Melody de Marta; portanto, as questões relativas ao tratamento que ela lhes dava não tinham mais sentido. E, terceiro, Earl não tinha o menor receio das insinuações de Randy sobre o que as pessoas iam pensar, ou sobre "as ideias erradas que teriam" em função da versão que ele dera da morte de Marta; ou seja, o que Randy quis dizer é que as pessoas iam pensar que ele assassinou Marta de propósito, por motivações vis e secretas. Earl não ligava a mínima para as fofocas das pessoas. Quem era seu amigo continuaria sendo, e quem não o conhecia ou não gostava dele que pensasse o que quisesse.

As irritantes insinuações de Randy aborreciam Earl e deixavam-no ressentido, mas eram as próprias autoacusações que o atormentavam de fato. No final do dia em que Marta morreu, depois de Warren e Melody terem adormecido, Earl falou com Anne por mais de duas horas. Essa conversa foi diferente de todas as anteriores porque Earl foi mais sincero consigo mesmo e com Anne do que jamais tinha sido. Ele falou:

— Eu me perguntei inúmeras vezes, será que eu a atingi com tanta força porque quis matá-la? A resposta que me parece mais honesta é: eu não sei. O que sei é que eu não estou triste por ela ter morrido. Mas não acho que tinha o direito de matá-la. Ninguém tem esse direito. Se eu queria me livrar dela, devia ter me divorciado, mas não tive condições para fazer isso. Matá-la intencionalmente, se foi isso o que fiz, foi uma saída covarde.

Anne ouviu Earl por um longo tempo enquanto ele batia e rebatia na mesma tecla. Finalmente, ela disse:

— Earl, você nunca vai saber se você tentou ou não matá-la. Ninguém realmente sabe por que faz o que faz – não é desse jeito que conhecemos a nós mesmos. Não conseguimos explicar a nós mesmos, mesmo para nós mesmos. Inventamos explicações a *posteriori* e tudo parece se encaixar; mas, se acreditarmos nessas explicações, de por que fizemos o que fizemos, nós estaremos nos engabelando.

— Desde que Marta morreu minha mente está acelerada. Não consigo focar.

228 DOZE

Foi a vez de Anne ser sincera:

— Durante minha infância e juventude houve épocas, meses ou anos, em que eu não conseguia compreender boa parte do que as pessoas diziam e também o que eu mesma pensava. Aprendi a reunir os indícios suficientes para captar a essência do que se esperava de mim. Eu conseguia me comportar segundo as expectativas na maior parte do tempo. O que mais me assustava era ser descoberta e trancada em um hospício

— Você nunca me disse que foi tão ruim.

— Você não tem ideia da vergonha que eu sentia, e ainda sinto. Quem ia querer ficar com alguém tão maluca como eu? Receio que você não queira.

Considerando a quantidade de telefonemas que haviam feito naquele ano, nem Earl e nem Anne saberiam dizer com exatidão quando algo específico foi dito ou quem tinha falado o quê – com exceção dessa conversa.

Quase ao fim desse telefonema, Anne disse:

— Talvez eu pareça estar sendo egoísta, e se for, quero que você me diga; fiquei pensando em comparecer ao funeral de Marta, você se importaria?

Anne ficou esperando pela resposta; durante o longo silêncio que se seguiu, receou novamente ter entendido errado o que se passava entre ela e um homem; será que ela tinha dito algo que não devia? Ela ficara sozinha por muito tempo e queria ver Earl, isso ela sabia. Mas o que desejava que acontecesse entre eles era um mistério para ela mesma. Ela não sabia se queria casar com ele. Aí, pensou que era isso o que queria. Mas como ela poderia saber antes de verificar se ele também estava interessado nela como uma pessoa real e não como uma voz na linha telefônica em uma relação imaginária na qual um não tinha responsabilidade com o outro e, muito menos, com os filhos do outro. Em um devaneio romântico adolescente, eles se encontrariam em um funeral, se apaixonariam, teriam filhos e formariam uma única família. Mas ela nunca acreditou muito nesse tipo de devaneio, mesmo de adolescente.

Eles estavam sob os álamos, conversando cara a cara pela primeira vez desde os tempos da faculdade; ela agora estava com trinta e quatro anos e ele com trinta e sete anos de idade; não eram mais as mesmas pessoas que tinham sido na época em que Marta expulsara Anne. De certo modo, tudo era diferente agora: Marta estava morta e Earl viúvo; Earl, Melody e Warren nunca mais enfrentariam a crueldade insana de Marta; Anne vivia e morava em Chicago com sua filha de onze anos; Earl herdara a fazenda da família e a administrava; abandonara o plano de trabalhar como engenheiro ou como outra coisa qualquer.

E ainda assim, tudo permanecia igual ao que sempre fora: Earl era Earl e Anne era Anne. Earl se sentia tão intensamente atraído por Anne como antes – ela era a mulher mais *sexy*, bela e inteligente que ele jamais encontrara; e, para sua surpresa e perplexidade, ela parecia estar interessada nele. Ele se preparara, como sempre, para aceitá-la do jeito que ela era, incluindo o fato de ela ser uma perene mentirosa – ou, dito de forma mais caridosa, ela era uma perene contadora de histórias, preservando as verdades essenciais e comunicando-as de forma disfarçada.

E Anne ainda era Anne. O que ela sentia por Earl era algo que nunca sentira por homem nenhum, embora não soubesse colocar isso em palavras. Enquanto Marta vivia, Anne não gostava de chamar isso de amor. Mesmo agora, depois da morte de Marta, ela não

230   DOZE

sabia se amor era a palavra certa para aquilo que sentia. Ela sofrera muito por acreditar em tudo o que sentia, mas tinha certeza que o nervosismo e a animação diante do encontro com Earl no funeral tinham uma intensidade jamais experimentada, o que devia significar que ele era mais importante para ela do que qualquer outra pessoa no mundo, exceto Sophie. Ao menos, ela esperava que sim.

Apesar de já estar anoitecendo, restavam no local alguns grupinhos de três ou quatro pessoas. As mesas onde tinham sido postas as flores frescas e as jarras de vidro com chá gelado, suadas com o calor do verão, agora estavam desarrumadas, as flores murchas, as jarras vazias com as rodelas de limão empilhadas no fundo, os restos de sanduíches embrulhados em guardanapos. Sombras alongadas se desdobravam na fachada da igreja, conferindo à pintura branca e brilhante um tom fechado, marrom acinzentado. O mormaço começava a se dissipar, enquanto o sol, agora de um laranja--escuro, parecia se preparar para o descanso da noite.

Treze

Melody e Warren não perderam Anne de vista durante a tarde inteira. Eles observaram minuciosamente o jeito como ela lidava com as pessoas que iam cumprimentá-la. Melody estava completamente encantada com Anne e disse a Warren:

— Não posso acreditar que ela seja irmã da nossa mãe, que ela é nossa parente. É como se um beija-flor tivesse nascido em uma família de lagartos. Nunca vi uma pessoa tão bonita, exceto em filmes. Eu quero ser como ela, não como as mulheres daqui.

Warren interrompeu Melody e disse:

— Eu não gosto dela. É tudo falso. Por que você não consegue enxergar isso? Você não significa nada para ela. Ninguém significa nada para ela, a não ser ela mesma. Nós somos apenas a plateia para qual ela se exibe. Nós não significamos nada a mais para ela do que significamos para as estrelas dos filmes que vemos na televisão. Ela nem sabe que nós existimos.

— Warren, pare com isso. Você não sabe do que está falando.

— E você sabe?

— Conheço mais as pessoas do que você!

— Você conhece? É por isso que você sabia lidar com a nossa mãe melhor do que eu?

A amargura na voz de Warren espicaçou Melody.

— Eu não soube lidar com ela melhor do que você, ela tinha mais raiva de você do que de mim. Nunca soube por quê.

Warren retrucou, fuzilando Melody com os olhos:

— Não me importa a razão. Ela está morta, realmente morta. Nunca me rendi a ela. Só restou um de nós e esse alguém sou eu. Eu venci. Você tem que admitir isso!

— Ninguém venceu.

— Eu venci e estou contente por isso. Eu sou a razão de ela estar morta.

— Papai a matou. Você não encostou nem um dedo nela.

Melody se arrependeu de ter usado a palavra "dedo". A palavra fez com que ela pensasse no polegar que Warren sugava, o dedo--na-boca que tinha levado a mãe à loucura.

Warren se exasperou:

Você sabe! Eu a matei! Se não fosse por mim, ela ainda estaria viva; estou contente por ela estar morta. Se ela estivesse viva, você nunca teria conhecido a sua querida estrela de cinema de Chicago. Você não teria tido o prazer de ficar babando por ela do modo que está fazendo. Ela faz você comer na palma da mão dela, como se fosse um coelho ou um cavalo.

Melody nunca tinha visto Warren desse jeito. Palavras ferinas brotavam da boca dele. Ele estava impenetrável. Pela primeira vez na vida, Melody sentiu que estava por sua própria conta, como Warren sempre estivera. Ela estava muito assustada, não do jeito que ficava quando sentia medo da mãe, mas com o terror que sentia quando pensava que o pai podia morrer.

Melody começou a falar sem pensar e sem ter noção do que ia sair da sua boca. Ela passou de um assunto para outro, suplicando:

— Eu não fiquei comendo na mão dela. Quando falei com ela era como se estivesse vendo um filme. Eu gosto um bocado de filmes. Você também gosta. Normalmente nós gostamos dos mesmos filmes, mas às vezes não gostamos. Uma vez ou outra eu gosto de um filme que é feito mais para garotas e você gosta de um feito mais para meninos. Tia Anne é como um filme feito para meninas: o jeito que ela fica bonita naquele vestido elegante, o jeito que ela fala, e como consegue deixar todo mundo curioso, sendo distante e misteriosa – tudo isso faz parte de um show destinado a meninas e mulheres. Eu gosto disso, mas não acreditei que era de verdade.

Warren agora cuspia fogo e tremia enquanto falava.

— Eu a odeio. *Ela* não tem nada para fazer aqui. Ela não falava com a irmã e não quis vê-la novamente. Posso ver por quê. Ela é pior do que *ela*. Pelo menos *ela* não estava representando o tempo todo, *ela* era exatamente o que parecia ser – uma pessoa horrível. Essa mulher é como um circo ambulante. Acha que a gente tem de

234   TREZE

se ajoelhar perante ela e lhe fazer uma reverência. Amanhã, quando ela partir, todo mundo vai ficar falando dela. Você e Earl vão desejar que ela não tivesse ido embora. Vocês são dois idiotas que não enxergam como ela é. Se ela ficasse mais um dia, não saberia o que fazer. Ela não ficaria, porque não somos bons o bastante para ela. Nós somos como um show de horrores para ela. Você é. Papai é. Eu sou. Eu sou o mais esquisito para ela. Ela se acha tão bonita, no seu vestido sofisticado. Não entendo toda essa conversa sobre vestidos. O que isso importa? Dá nojo ver você se derreter toda por ela. Eu não sei mais quem é você, quando você faz isso. Não me surpreende que Earl fique paparicando ela. Ele não consegue resistir às mulheres. Ele era o escravo da nossa mãe, mas você? Eu esperava mais de você. Esperava sim. Esperava que você visse quem ela é.

Melody pensou que Warren estava envergonhado e furioso por ter se deixado iludir por Anne; talvez, por um momento, tivesse acreditado que ela mudaria a sua vida, a vida de toda a família. Ela tivera a mesma esperança. Ela quase perguntara se Anne ia casar com o seu pai. Ela sabia que Warren se sentira ludibriado, como se fosse um tolo. Anne tinha conseguido ferir Warren de uma maneira que a mãe nunca conseguira, pegando-o desprevenido. Mas Melody sabia que havia outras coisas atormentando Warren.

Warren ficou olhando para o chão e riscando a terra seca com a ponta do sapato. Melody tentou olhá-lo nos olhos, mas ele desviou. Transtornada e sem saber o que fazer, Melody começou a chorar. Ela sentiu a agonia que Warren tinha armazenado durante a vida inteira. Melody percebeu que não salvara Warren do intenso ódio da mãe e da covardia do pai. Warren passara por tudo isso. Melody tinha tentado ser mais do que uma irmã para Warren, ela tentara ser uma mãe para ele. Nesse momento, ela viu que tinha falhado.

Essa era a primeira vez que Warren tinha visto Melody chorar. Warren nunca tinha chorado, mesmo quando era muito pequeno e ouvia a mãe lhe dizer repetidamente que o odiava e desejava que ele nunca tivesse nascido; ou quando ela batia nele com um cinto, ou o fechava no closet. Melody sabia que Warren nunca iria chorar. Chorar seria admitir que a dor que experimentava o possuíra e se incorporara a ele. Embora a mãe deles tivesse morrido, ele não a havia derrotado de modo algum – ela continuava tão poderosa na morte como havia sido em vida. Nesse momento, Melody percebeu que Warren nunca iria crescer, nunca sairia de casa, nunca teria vida própria. Ele poderia ficar grande, o que não é o mesmo que crescer. Ele poderia viver em um lugar diferente, o que não é o mesmo que sair de casa. Ele poderia achar um emprego e até mesmo casar – casar, ela achava difícil – mas isso não seria o mesmo que ter uma vida própria.

Melody encostou-se na parede da igreja e escorregou até o chão; ficou sentada ali chorando, com a cabeça entre os joelhos e esticando a saia para baixo, para cobrir as pernas e joelhos. Quando deslizou pela parede da igreja ela sentiu a parte de trás do vestido se rasgar.

Warren sentou perto dela e disse:

— Eu sinto muito ter feito você chorar.

— Já era hora de um de nós ter chorado.

Warren ficou quieto por um momento antes de dizer:

— Não adianta chorar. Isso não vai mudar nada.

Melody e Warren ficaram sentados lado a lado e em silêncio, por um longo tempo. A esposa de um fazendeiro da vizinhança,

236   TREZE

vendo-os sentados ali muito sérios e empertigados, com as costas apoiadas na parede da igreja, aproximou-se e disse:

— Este é um dia muito triste para a sua família e para todos nós. A sua mãe era uma pessoa maravilhosa.

Melody e Warren balançaram a cabeça.

Earl tomou as providências para acomodar os parentes à noite – o pai e Leslie ficaram na casa dos Wilkins; Anne, na casa de uma viúva da cidade que alugava quartos, mas não quis cobrar nada, pela circunstância. Para Melody e Warren, o tempo que o pai levou para se despedir do avô, de Leslie e de Anne pareceu uma eternidade; o avô, Leslie e Anne voltariam para as suas casas na manhã seguinte.

Earl, Melody e Warren voltaram para a fazenda na caminhonete, os três sentados no banco da frente. Estavam muito cansados para falar. Voltaram para casa depois das nove. Earl deu água e comida para os cavalos. Melody e Warren escovaram os dentes e foram para cama sem conversar, exaustos.

Na manhã seguinte, Melody acordou abruptamente com o barulho dos passos pesados do pai subindo a escada. Ela sabia que tinha acontecido alguma coisa, e viu que Warren não estava na cama. Earl bateu suavemente na porta antes de entrar. Melody sentou-se e olhou para o pai, aguardando. Ele estava pálido e com a face crispada de dor; deu alguns passos e parou. Sentou na beira da cama de Melody, desajeitado. Tentou falar, mas parecia estar sem fôlego para pronunciar as palavras. Depois de várias tentativas, disse em uma voz esganiçada e baixa:

— Melody, algo terrível aconteceu. Warren se enforcou no celeiro, ontem à noite. Eu o encontrei hoje de manhã.

Melody tentou se convencer de que estava sonhando, mas não conseguiu. Mesmo assim, ela continuou tentando despertar daquele pesadelo. Quando se ajustou à realidade do que o pai falara, sentiu-se vazia, esburacada, não mais a mesma pessoa que havia sido até aquele momento. Agora ela estava sozinha de fato em um mundo no qual não queria mais viver. Nem ela e nem seu pai disseram nada. Melody virou-se para a cama vazia e percebeu uma folha de caderno dobrada sobre a mesinha que ficava entre a cama dela e a de Warren. Ela a abriu e leu em silêncio, várias vezes.

Querida Melody

Pela primeira vez na vida, não estou assustado. Já vivi o suficiente. Eu tenho pavor de tudo o que aconteceria daqui em diante se eu continuasse vivo, então estou contente de não ter que passar por isso. Você é a única coisa boa que aconteceu em toda a minha vida. Eu me odiaria ser impedisse você de seguir a sua vida, porque sei que você ia querer tomar conta de mim. Não sou feito para esta vida, e você é.

Warren

P.S. Desculpe ter feito você chorar ontem.

Lágrimas corriam pela face de Melody enquanto ela lia a carta. Ela dobrou-a de novo e a enfiou sob os lençóis. Engasgando com as próprias lágrimas ela conseguiu falar, entrecortadamente:

— Ele disse... ele se sente aliviado... de não ter que viver mais... Ele disse que não estava assustado... Ele disse adeus... para nós dois.

Quando Melody encarou o pai, viu que sua face estava molhada de lágrimas. Ele disse:

— Eu quero tirar Warren do celeiro e colocá-lo na cama; eu não quero que você o veja até eu colocá-lo na cama; por isso, por favor, saia um pouco enquanto eu faço isso.

238 TREZE

Uma hora antes, Earl tinha descoberto o corpo de Warren no celeiro, pendurado em uma corda atada em uma viga do telhado; ele colocou o corpo de Warren no assoalho do andar de cima, desfez o nó na corda e o deitou sobre a palha. Sentou-se perto de Warren por um tempo, antes de voltar para casa e contar a Melody o que acontecera.

Depois de falar com Melody, Earl voltou ao celeiro e subiu a escada de madeira até o pavimento onde Warren jazia. Ele se ajoelhou e passou cuidadosamente as mãos e antebraços sob o pescoço e os joelhos do filho, antes de levantar o corpo enrijecido. Do jeito que pode, carregou o corpo escada abaixo. Ele desviou a própria atenção do suicídio do filho, concentrando-se na logística dessa manobra. Depois de carregar Warren de volta para casa, colocou-o gentilmente em cima da cama de Melody para esticar os lençóis e cobertores da outra cama; então, transferiu-o para a cama arrumada e ajeitou o travesseiro sob a cabeça dele.

Earl ficou de pé, ao lado da cama, olhando para Warren e recordando a expressão do filho quando, como acontecia amiúde, Marta o chamava para repreendê-lo ou colocar a pomada nos polegares e amarrar as luvas nas mãos dele. A face de Warren nunca revelava medo, se é que era medo o que de fato sentia. Warren parecia preparado para suportar qualquer coisa que Marta lhe impusesse sem lhe dar o gosto de pensar que ela tinha conseguido dobrá-lo. Earl experimentou uma sensação opressiva de autoacusação, por ter fracassado totalmente em proteger o filho. Ele sentiu como se Flora estivesse olhando para ele com profunda decepção. Ela também se sentiria responsável, pois educara um filho incapaz de reagir à tortura a que o próprio filho fora submetido todos os dias de sua vida. Earl pensou que, se fosse honesto consigo mesmo, a palavra certa era "tortura". Se ele tivesse outra chance, ele enfrentaria Marta. Mas não havia mais chances. Ambos, Marta e Warren estavam mortos – cinco dias de diferença, apenas, separavam as suas mortes. Ambos mortos, Earl pensou, era sua essa façanha. Ele sentiu que tinha matado Marta para libertar Warren da crueldade dela e para se redimir de ter falhado tão abissalmente com ele e Melody. Mas não se sentiu redimido após matar Marta – ele se sentiu ainda mais culpado, por ser covarde. Ele não havia sido capaz de enfrentar Marta enquanto ela estava viva; só pôde enfrentá-la instantes antes de ela morrer.

Earl se ajoelhou ao lado da cama de Warren, tomou a mão fria do menino na sua, e pediu perdão a ele por não ter sido um pai melhor.

Earl deixou o quarto e pegou algumas toalhas, um balde com água quente e uma barra de sabão. Voltou ao quarto das crianças, rolou o corpo de Warren para um lado, e colocou uma toalha sob ele; depois o ajeitou no centro da toalha. Tirou as roupas de Warren e removeu os pedaços de feno de seu cabelo, como se fosse uma mãe arrumando o filho pequeno que tinha brincado no campo. Cuidadosa e delicadamente, Earl lavou a sujeira da face de Warren. A corda tinha deixado abrasões profundas, pontilhadas de sangue, na frente do pescoço do menino; não eram visíveis, quando Earl levantara a cabeça de Warren e a posicionara sobre o travesseiro. Earl pegou as pequenas mãos de Warren entre as suas, uma de cada vez, e as lavou até ficarem limpas; então as secou com uma nova toalha. Em uma espécie de transe, lavou sistematicamente o torso e as pernas, e então virou o corpo de Warren de lado para lavar-lhe as costas e nádegas.

Earl chorou quando vestiu as roupas limpas em Warren. Ele se lembrou de um dia em que a família voltara para casa, depois de ter passado a tarde na fazenda do vizinho. Os pais de Earl ainda viviam com eles. Ele lembrou que carregara o pequeno Warren

240 TREZE

escada acima, até a cama, e vestira o pijama nele, enfiando um bracinho de cada vez nas mangas, enquanto o menininho adormecia rapidamente. Ele amara Warren profundamente. Mas, por que então não o protegera mais? Desde criancinha, Warren enfrentara o mundo sozinho. Por que ele não se corrigira? Não era verdade que Warren ficara sozinho. Melody o amou e protegeu, o quanto pode. Por que, ele se perguntou, ele não fez por Warren aquilo que Melody tinha feito? Earl tinha milhares de respostas para a pergunta, mas nesse momento apenas uma lhe ocorreu: ele tinha sido leal a Marta, mesmo quando essa lealdade envolvera trair seus filhos, seus pais e a ele mesmo. Que tipo doentio de lealdade fora essa? Lealdade a quem, ao que, pelo quê? Alguma coisa estalou dentro de Earl nesse momento. Foi como se ele tivesse gritado "basta" a plenos pulmões. Ele se odiou por se entreter nessas autoflagelações. Ele estava segurando o quadril direito do filho morto, tentando vestir a meia no pé dele. A autotortura era muito mais tolerável do que estar em pleno contato com o que estava fazendo naquele momento. Como o seu pai diria, era um passeio no parque.

Earl ficou de pé e se inclinou para pentear algumas mechas de cabelo que haviam caído sobre a testa de Warren; então saiu e foi chamar Melody. Ela estava sentada em uma das cadeiras quebradas da cozinha, ao sol da manhã, perscrutando os campos de trigo parcialmente colhidos. Era estranho vê-la sem Warren por perto. Earl caminhou até onde ela estava sentada e ficou de pé ao seu lado observando o trigo, como que tentando capturar um lampejo de qualquer coisa para a qual ela estava olhando tão fixamente. Ele quis dizer algo, mas não soube o quê.